魔法科高中的劣等生

闇影閃耀於夜幕

The irregular at magic high school The Dark flashes in the Night's veil

佐島 勤
Tsutomu Sat
illustration／石田可気
Kana Ishid
illustrator assistant／ジミー・ストーン、末永康子

Kadokawa Fantastic Nov

HISTORY

2094年4月

棒有希進行的司波達也暗殺計畫失敗。
殺手組織亞貿社納入黑羽家旗下。

2095年4月3日

司波達也、司波深雪，就讀國立魔法大學附設第一高中。

2097年8月4日

發生後世通稱的「司波衝擊」。
司波達也向全世界發表聲明。

2098年3月15日

司波達也、司波深雪，從國立魔法大學附設第一高中畢業。

2098年4月

司波達也、司波深雪，就讀國立魔法大學。

2099年3月14日

黑羽亞夜子、黑羽文彌，從國立魔法大學附設第四高中畢業。

2099年4月4日

黑羽亞夜子、黑羽文彌，就讀國立魔法大學。

2099年4月6日

十文字艾莉莎、遠上茉莉花，就讀國立魔法大學附設第一高中。

2100年4月1日

九島光宣、櫻井水波，和衛星軌道居住設施「高千穗」一起前往宇宙。

2100年4月24日

魔法資質擁有者的國際互助組織「魔法人協進會」設立。

2100年4月26日

一般社團法人「魔法人聯社」設立。

The irregular at magic high school
The Dark flashes in the Night's veil

魔法科高中的劣等生
闇影閃耀於夜幕

The irregular at magic high school
The Dark flashes in the Night's veil

佐島 勤
Tsutomu Sato
illustration／石田可奈
Kana Ishida

夜幕在城市低垂時，
諸多命運相互重合，
一對黑鳥在闇影中閃耀——

Kadokawa Fantastic Novels

Character
登場角色介紹

黑羽文彌

亞夜子的雙胞胎弟弟。
乍看只像是
中性女性的俊美青年。
識別代號是「闇」。

黑羽亞夜子

文彌的雙胞胎姊姊。
成熟與心機兼具，
小惡魔性格的美少女。
識別代號是「夜」。

司波達也

打倒數名戰略級魔法師，
向世人展現實力的「最強魔法師」。
深雪的未婚夫。

司波深雪

四葉家的下任當家。達也的未婚妻。
擅長冷卻魔法。

安潔莉娜・庫都・希爾茲

前 USNA 軍 STARS 總隊長
安吉・希利鄔斯。
如今歸化日本，
擔任深雪的護衛，
和達也、深雪共同生活。

榛有希

以暗殺為業的少女。
敗給文彌之後成為直屬部下。
識別代號是「Nut」。

鰐塚單馬

和有希共同行動的助手。
暗殺時大多全程在後方支援。
識別代號是「Croco」。

櫻崎奈穗

原本是四葉家派遣到有希身邊的
暗殺者見習生。
現在是優秀的暗殺者，
也負責照顧有希。
識別代號是「Shell」。

若宮刃鐵

調整體「鐵」系列的第一世代。
擅長術式解體。
識別代號是「Ripper」。

空澤兆佐

警察省廣域搜查小組所屬的
巡查部長。
曾經在高中生時期協助
亞夜子的任務。

Glossary
用語解說

亞貿社
以超能力者與忍者構成的暗殺組織。雖然是犯罪結社，
卻標榜「制裁無法以法律制裁的惡徒」的理念。社長是兩角來馬。

超能力者
身體強化等特異能力擁有者的總稱。
「魔法」被確認實際存在的當時，這種能力稱為「超能力」。
2094年的現在，大多數的超能力者已經成為魔法師。

魔法科高中
國立魔法大學附設高中的通稱，全國總共設立九所學校。
其中的第一至第三高中，每學年招收兩百名學生，
並且分為一科生與二科生。

花冠、雜草
第一高中用來形容一科生與二科生階級差異的隱語。
一科生制服的左胸口繡著以八枚花瓣組成的徽章，
不過二科生制服沒有。

一科生的徽章

CAD
簡化魔法發動程序的裝置。
內部儲存使用魔法所需的程式。
分成特化型與泛用型，外型也是各有不同。

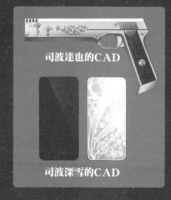

司波達也的CAD

司波深雪的CAD

Four Leaves Technology〔FLT〕
國內一家CAD製造公司。
原本該公司製造的魔法工學零件比成品有名，
但在開發「銀式」之後，
搖身一變成為知名的CAD製造公司。

托拉斯・西爾弗
短短一年就讓特化型CAD的軟體技術進步十年，
為人所稱頌的天才技師。

Eidos〔個別情報體〕
原為希臘哲學用語。在現代魔法學，
個別情報體指的是「伴隨事物現象而來的情報」，是「事象」曾經存在於「世界」的記錄，
也可以說是「事象」留在「世界」的足跡。依照現代魔法學的定義，
「魔法」就是修改個別情報體，藉以改寫個別情報體所代表的「事象」的技術。

Idea〔情報體次元〕
原為希臘哲學用語。在現代魔法學，情報體次元指的是
「用來記錄個別情報體的平台」。魔法的原始形態，
就是將魔法式輸入這個名為「情報體次元」的平台，
改寫平台裡「個別情報體」的技術。

啟動式
為魔法的設計圖，用來構築魔法的程式。
啟動式的資料檔案，是以壓縮形式儲存在CAD，魔法師輸入想子波展開程式之後，
啟動式會依照資料內容轉換為訊號，並且回傳給魔法師。

想子

位於靈異現象次元的非物質粒子，記錄認知與思考結果的情報元素。
成為現代魔法理論基礎的「個別情報體」，成為現代魔法骨幹的「啟動式」和「魔法式」技術，都是由想子建構而成。

靈子

位於靈異現象次元的非物質粒子。雖然已經確認其存在，但是形態與功能尚未解析成功。
一般的魔法師，頂多只能「感覺到」活化狀態的靈子。

魔法師

「魔法技能師」的簡稱。
能將魔法施展到實用等級的人，統稱為魔法技能師。

魔法式

用來暫時改變伴隨事物現象而來的情報之情報體。
由魔法師持有的想子構築而成。

魔法演算領域

構築魔法式的精神領域，也就是魔法資質的主體。
該處位於魔法師的潛意識領域，魔法師平常可以意識到魔法演算領域並且使用，卻無法意識到內部的處理過程。對魔法師本人來說，魔法演算領域也堪稱是個黑盒子。

魔法式的輸出程序

①從CAD接收啟動式。
這個步驟稱為「讀取啟動式」。
②在啟動式加入變數，送入魔法演算領域。
③依照啟動式與變數構築魔法式。
④構築完成的魔法式，傳送到潛意識領域最上層暨意識領域最底層的「基幹」，從意識與潛意識之間的「閘門」輸出到情報體次元。
⑤輸出到情報體次元的魔法式，會干涉指定座標的個別情報體進行改寫。
「實用等級」魔法師的標準，是在施展單一系統暨單一工序的魔法時，於半秒內完成這些程序。

魔法的評價基準（魔法力）

構築想子情報體的速度是魔法的處理能力、
構築情報體的規模上限是魔法的容納能力、
魔法式改寫個別情報體的強度是魔法的干涉能力，
這三項能力總稱為魔法力。

始源碼假說

主張「加速、加重、移動、振動、聚合、發散、吸收、釋放」四大系統八大種類的魔法，
各自擁有正向與負向共計十六種基礎魔法式，
以這十六種魔法式搭配組合，就能構築所有系統魔法的理論。

系統魔法

歸類為四大系統八大種類的魔法。

系統外魔法

並非操作物質現象，而是操作精神現象的魔法統稱。
從使喚靈異存在的神靈魔法、精靈魔法，或是讀心、靈魂出竅、意識操控等等，
包括的種類琳琅滿目。

十師族

日本最強的魔法師集團。一条、一之倉、一色、二木、二階堂、二瓶、三矢、三日月、四葉、
五輪、五頭、五味、六塚、六角、六鄉、六本木、七草、七寶、七夕、七瀨、八代、八朔、
八幡、九島、九鬼、九頭見、十文字、十山共二十八個家系，
每四年召開一次「十師族甄選會議」，選出的十個家系就稱為「十師族」。

含數家系

如同「十師族」的姓氏有一到十的數字，「百家」之中的主流家系姓氏也有十一以上的數字，
例如「『千』代田」、「『五十』里」、「『千』葉」等等。
數字大小不代表實力強弱，但姓氏有數字就代表血統越純正，
可以作為推測魔法師實力的依據之一。

失數家系

簡稱「失數」，是「數字」遭受剝奪的魔法師族群。
昔日魔法師被視為武器暨實驗樣本的時候，評定為「成功案例」得到數字姓氏的魔法師，
要是沒有立下「成功案例」應有的成績，就得接受這樣的烙印。

The International Situation
二〇九九年現在的世界情勢

以全球寒冷化為直接契機的第三次世界大戰——二十年世界連續戰爭大幅改寫了世界地圖。世界現狀如下所述：

USA合併了加拿大以及墨西哥到巴拿馬等各國，組成北美利堅大陸合眾國（USNA）。

俄羅斯再度吸收了烏克蘭與白俄羅斯，組成新蘇維埃聯邦（新蘇聯）。

中國征服緬甸北部、越南北部、寮國北部以及朝鮮半島，組成大亞細亞聯盟（大亞聯盟）。

印度與伊朗併吞了中亞各國（土庫曼、烏茲別克、塔吉克、阿富汗）以及南亞各國（巴基斯坦、尼泊爾、不丹、孟加拉、斯里蘭卡），組成印度、波斯聯邦。

亞洲阿拉伯其餘國家，分區締結軍事同盟，對抗新蘇聯、大亞聯盟以及印度、波斯聯邦三大國。

澳洲選擇實質鎖國。

歐洲整合失敗，以德國與法國為界分裂為東西兩側。東歐與西歐也沒能各自整合為單一國家，團結力甚至不如戰前。

非洲各國半數完全消滅，倖存的國家也只能勉強維持都市周邊的統治權。

南美除了巴西，都處於地方政府各自為政的小國分立狀態。

【序章】

二〇九八年也只剩不到兩個月，對於考生來說是最後衝刺的時間。即使是被打包票保證肯定合格的學生也不會因而鬆懈。只有確定保送入學的人們得以作壁上觀。

黑羽亞夜子與文彌這對姊弟，也是還無法站上壁壘旁觀的考生。保送就讀魔法大學的名額，各魔法科高中都有十人。在三年級學生不到一百人的第四高中，只要考進前百分之十的名次肯定能獲得保送，在這場考試戰爭不戰而勝直接勝出。這兩人沒能獲得保送，已經不只是令人詫異，而是令人覺得事有蹊蹺。

這是因為第四高中存在著不同於別校的隱情。或許可以稱為傳統。

第四高中從設立當初就致力於魔法工學。實技方面也是，比起適合戰鬥的魔法，更重視具有技術性意義的複雜多工序魔法。挑選保送學生的時候也套用這個傾向。

第四高中和其他學校的最大差異，在於筆試成績的比重很高。其他魔法科高中的實技評分比例明顯高得多。例如第一高中雖然在二〇九六年度另外設立新的魔工科，不過在八成學生就讀的魔法科，段考的配分是筆試五個科目共五百分，實技四個科目共一千兩百分。實技的配分是筆試的一倍以上。

但是在標榜「魔法是理論」、「魔法是學問」這兩句標語的第四高中，筆試與實技的配分是兩者各半。挑選保送學生的時候反倒比較重視筆試成績。

亞夜子與文彌沒拿到保送資格，就是基於這樣的隱情。不過就算沒拿到保送資格，兩人也完全不慌張。因為兩人都從一開始就沒申請保送，也有自信能在重視實技的魔法大學入學測驗輕鬆合格。

所以兩人現在氣氛緊張，並不是因為要考大學。

亞夜子與文彌現在一起住在外面。離開豐橋市的老家，在第四高中所在的濱松市租公寓住。兩人在剛才同心協力準備了晚餐。

「——姊姊，聽說了嗎？」

上餐桌入座的文彌開始用餐沒多久，就向同桌的亞夜子這麼問。

「你是說俄羅斯黑手黨的事嗎？」

「黑手黨」這個詞原本是義大利西西里島崛起的犯罪組織，如今卻有「中國黑手黨」、「俄羅斯黑手黨」等等，當成組織性犯罪集團的通稱使用。

「聽說他們又偷渡入境了。」

聽到亞夜子反問，文彌沒點頭而是如此回答。

「嗯，我聽涼說了。文彌你是聽誰說的？」

「我是聽黑川說的。」

「黑川」是文彌的親信黑川白羽。原本是文彌的守護者候補，幹練的「忍術使」。他自稱是甲賀二十一家的黑川家後裔，不知道是真是假。

「忍術使」這個名稱，是在擁有特殊身體技能與諜報技術的「忍者」之中，只有使用古式魔法「忍術」的人被賦予的名稱。換言之「忍術使」是古式魔法師。

另一方面，亞夜子所說的「涼」，是擔任亞夜子親信的女性。全名是伴野涼。她也和黑川一樣是「忍術使」，而且以涼的狀況，她自稱是甲賀二十一家「伴家」的分支。黑川是三十多歲的男性，反觀涼是不到二十五歲的年輕女性。

「雖然對付黑手黨不是我們的工作……不過他們到底想做什麼？」

亞夜子自言自語般呢喃，聽在耳裡的文彌不甘心般皺眉。

職業罪犯從俄羅斯偷渡入境——正確來說是偽造身分入境，光是文彌他們知道的就已經是第九次。實際上應該更多次吧。如同亞夜子所說，監視黑手黨並非黑羽家的任務。「九次」只不過是在清查敵對魔法師流入國內的過程中湊巧發現的次數。

只不過，因為已經達到過於頻繁又無法忽視人數的規模，所以有派遣手邊沒有任務的人員調查其目的。但是還沒有得到成果。開始調查至今不到一個月，以黑羽家的感覺來說則是經過了好幾週，卻沒能掌握敵方的企圖。文彌感到不耐煩也在所難免。亞夜子雖然不到雙胞胎弟弟的程度，然而也對現狀感到不滿。

「目前好像正在侵占廣域暴力團的末端組織……但我不認為這是他們的最終目的。」（註：

廣域暴力團為日本政府指定列管，勢力範圍廣大的黑道幫派。）

「也對。不過只憑我們的印象，沒辦法派更多人員監視。」

文彌以難掩不耐煩的聲音說完，亞夜子以夾雜嘆息的語氣回應。黑羽家和新發田家並列為四葉一族之中擁有最多部下的分家，但是在人員調度上依然沒有餘力。

依照黑羽家，也就是四葉一族要求的水準，能夠達標的人材本來就很稀少。說好聽一點是少數精銳，反過來說就是來不及培育。分配人員的時候必須訂立優先順序，四葉一族在這方面和世間的事業體沒有兩樣。

「說來遺憾，不過這件事目前只能交給當局了。」

亞夜子就像是規勸般這麼說（不只對於文彌，也對於自己），文彌向她投以「靠得住嗎？」的眼神。

即使如此，文彌也沒有對亞夜子的判斷提出異議。

◆　◆　◆　◆　◆　◆　◆　◆　◆　◆　◆

西元二〇九七年八月四日，一道衝擊傳遍全世界。

這一天，一名魔法師震撼了全世界。

這名魔法師實際展示了單人就足以對抗大國軍事力的實力之後，使用衛星網路向全世界送出一段訊息。

『——我在此宣布，我希望魔法師和非魔法師的人們和平共存。但是在為了自衛而需要動用武力的時候，我絕對不會猶豫。』

世間也有人覺得這段話荒唐無稽而一笑置之。然而熟知事實的人都知道，他真的可以獨自和整個國家開戰並且勝利。

所有國家都進行了情報操作。專制國家徹底隱蔽情報，民主國家縮小他的戰果，打造出「不足為敵的存在」這個印象，試著讓人民認為「他」的力量也不是太大的威脅。

然而操作情報的當事人們，參與情報操作以及下令這麼做的高層，以財力或暴力介入國家高層的幕後掌權者們，全都無法逃離這份恐懼。

推動國家運作的人們，只因為一名魔法師就陷入恐懼。這是空前絕後的事件。

這個事件，也有人從「他」的姓名命名為「司波衝擊」。

◇　◇　◇

昔日的歐洲很貧窮。失去古代文明，社會停滯不前。亞洲這邊豐饒得多，文明先進，軍事力也超前。然而以某個時代為界線，這層強弱關係急遽翻轉了。

歐洲各國像是被什麼東西附身般侵略世界（以他們的說法是跨足世界，或者是教化）。前往美洲大陸、非洲大陸，然後是亞洲大陸。精於營利的商人不只是在這項大事業投入資金，有時候也投入人員或傭兵。

他們絕對不會首當其衝，而是躲在國家的背後。

在侵略的熱度冷卻時（或者是侵略的土地枯竭時），他們不只是躲在國家的背後，還躲進社會的暗處。

為了保護至今滲透到世界各地所得到的利權，他們在社會的裏側建立了互助組織。

他們將自己的組織簡單稱為「Guild」——也就是「行會」。

西元二〇九七年八月後半的某一天，行會緊急召開了最高幹部會議。

聚集的最高幹部們不像是以強大權勢自豪的「陰之支配者」，看起來慌張又狼狽，雖然虛張聲勢想要掩飾，卻明顯在害怕。

議題是突然出現的巨大政治力量。可能獨力推翻世界權力構造的一張鬼牌。和只能寄生社會獲得力量的他們完全不同，異質的真正「力量」。

四葉一族曾經在三十年前震撼全世界。僅僅數十人就引導一個國家（而且不是小國，是統治東亞大陸南半部分的國家）步向滅亡的他們，被世人稱為「不可侵犯的禁忌」而畏懼。

但是反過來說，可以認定他們只要不被侵犯就沒有危害，也不會站上表側的舞台曝光。然而「他」來到「表側」了。

即使自己沒有這個意思，也不知道究竟什麼時候會有什麼東西碰觸到「他」的逆鱗。

結論從一開始就已經決定。

一定要排除「他」。

既然無法以軍事力——「表側」的暴力來排除，就必須以「裏側」的暴力抹殺。幸好行會的真本事就在「裏側」。

幹部會議決定動用行會擁有的「裏側」之暴力。

決定以這份力量將「他」——司波達也排除，也就是暗殺。

基於這個決定而實際動員的組織，是行會最主要的執行部隊之一「黑手黨兄弟會」。這個組織是以西西里黑手黨與俄羅斯黑手黨為母體的聯合組織，旗下也包含日本的「黑道」。「黑道」為了對抗中國的黑手黨「黑社會」而接受行會的援助。

擊退大亞聯盟之後，中國黑社會的勢力衰退了。以「無頭龍」為首，各組織接連撤離日本。對於和日本黑道聯手也統治部分黑道的黑手黨兄弟會來說，現在是便於執行任務的狀況。

只不過，畢竟是這麼難對付的對手，所以行會以及黑手黨兄弟會花了一年半的時間準備，積極暗中增加日本黑道的人手做為棋子使用。

就這樣到了二〇九九年，黑手黨兄弟會策劃的司波達也暗殺作戰開始了。

◇◇◇　◇◇◇　◇◇◇　◇◇◇

二〇九九年三月上旬。黑羽家姊弟在自家的ＩＴ（Information Terminal：情報終端機）確認考上魔法大學，和樂融融地露出笑容。

魔法大學的入學測驗在包括東京的全國九處進行。這是為了避免住在首都圈的考生和其他考生之間出現各種利弊。測驗分成預備測驗、學科測驗、實技測驗共三天。就讀國立魔法大學附設高中獲得魔法大學報考資格的考生免於接受預備測驗。

此外，由於要審查魔法實技，所以是借用國防軍的設施進行測驗。因為雖說是大學測驗，卻沒有合適的民間設施能讓考生合法施展魔法。反魔法主義的媒體對此也沒能提出替代方案所以無從抱怨。

總之這是題外話。

對於兩人來說，考上魔法大學不是預定，是既定。就讀大學後的生活基礎也已經打理完畢，處於今天就能立刻到東京開始生活的狀態。亞夜子與文彌並不是毫無家鄉愛，卻引頸期盼新生活的到來。

是的。兩人露出笑容的原因不是考上大學本身，是期待入學之後的新生活。

並非大多數年輕人對於大城市懷抱的憧憬。

東京有「他」。

兩人的心願是成為「他」的助力。

「他」的力量很強大。能夠正面戰勝「他」的人，在現在的世界恐怕不存在吧。正因如此，所以肯定有許多人想從側面，從背面，從裏側排除「他」。

「裏側」是兩人——黑羽家擅長的領域。今後肯定會出現幫得上「他」的局面。

不過為此最好盡量離「他」近一點。即使資訊技術再怎麼發展，某些事情也必須待在身旁才會知道。

今後可以更加為「他」盡一份心力。

這個預感令兩人嘴角綻放笑容。

【1】闇夜上京

晚上八點多，調布的四葉家東京總部大樓樓頂停機坪，有一架小型電動VTOL降落。這架VTOL的底部比一般的小型機低得多，距離停機坪地面的高度和皮卡車差不多，上下機的時候不需要舷梯。

司波達也自己打開VTOL的艙門，下機站在停機坪。擔任駕駛員的管家花菱兵庫在一旁從機上取下行李。

達也不經意看向間隔一個區塊的中型大樓。那是六層樓高的公寓。他所在的這棟大樓有十層樓高，所以視線成為俯角。

今天是二〇九九年三月十四日。通稱「魔法科高中」，全國共九所的國立魔法大學附設高中在白天舉行畢業典禮。達也的從表妹與從表弟——黑羽姊弟也在今天從第四高中畢業。而且他們兩人預定從明天起住進達也正在看的這棟公寓。

達也看這棟中型公寓的時間非常短暫。他立刻帶著兵庫走進大樓。

和深雪與莉娜吃完晚餐之後，達也前往大樓裡的私人研究室。

電梯下降到地下三樓。

達也沒有直接前往研究室，是在電梯廳停下腳步。因為達也的私人部下單膝跪在這裡等他。

這名男性叫做藤林大門。古式魔法名門——藤林家前任當家同父異母的弟弟。

三年前，當時的藤林家當家長正，為了協助外甥九島光宣逃亡而暗算達也。藤林家為了清算這個背叛行為而派來的人選就是大門。他向達也（不是向四葉家）發誓臣服，後來成為達也的私人部下效力。

「什麼事？」

「有人想對您下手，所以屬下收拾了。」

「啊啊，這件事嗎？」

進入今年以來，達也周圍經常有想要危害他的人物出沒。從去年夏天開始，就有各種身分的監視眼線纏著達也不放，不過到了今年不只是監視，還追加了企圖暗殺他的人。

「您已經察覺了嗎？」

「早上出門的時候看見的。雖然無須多說，不過當局的那些人應該沒察覺吧？」

達也點頭回應大門的問題之後，詢問監視他的當局人員是否察覺暗殺者已經被收拾。

「這方面萬無一失。」

聽到大門平淡回答，達也再度點頭。

達也這麼問只是一種形式，從一開始就不認為大門會失態被當局抓到把柄。他成為達也的部下至今約一年，達也知道他的本事沒讓藤林這個姓氏蒙羞。

「身分是？」

達也詢問暗殺者的來歷。

「廣域暴力團的末端組織成員。雖然這麼說，實力卻強得不自然。要調查身家背景嗎？」

「不，用不著這麼做。只要這邊做好該做的處置，對方遲早也會死心吧。」

達也口中「該做的處置」的意思是說，如果只有糾纏就算了，敢做出「那種舉動」的話格殺勿論。

「意思是維持現在的處置方式是吧。」

「麻煩就這麼做。千萬不能讓深雪遭受危害。」

「遵命。」

大門維持單膝跪地的姿勢恭敬低頭，達也將他留在原地，再度走向自己的私人研究室。

◇　◇　◇

隔天傍晚。文彌與亞夜子抵達接下來將暫時入住的調布公寓。是和四葉家東京總部隔一個區塊的中型公寓。其實這棟公寓也進駐了好幾個家族企業或空殼公司，整棟都由四葉家持有。

不，或許形容為「四葉分家黑羽家的資產」比較適當。

這棟公寓是六層樓的建築物，但是六樓沒有住家。各房間的門板內側是被情報機器塞滿占據的空間，看起來就像是電視台或通訊社。

表面偽裝成住宅的這個「房間」也一樣，原本是一層樓有八戶住家排成一列，每一戶各有三房兩廳的構造，但是現在區隔各戶的牆壁大幅打通，內部是相通的。地面是ＯＡ地板，和一般的辦公空間一樣無須脫鞋就可進出。

頂樓在建設當初也打造為居住空間，所以生活所需的基礎設施一應俱全，想要住在這裡應該沒問題。但是先不提廁所，浴室只剩下兩戶的分。除此之外都挪用在需要防水功能的其他用途。

廚房留下四戶的分，但是只有一間可以正常料理，其餘的與其說是廚房更像是「茶水間」。是在「端茶」依然是日常習慣的時代，中等規模以上的企業辦公室所附設，以廚房來說聊勝於無的空間。

此外東側的邊間設置了通往五樓的階梯。而且五樓的邊間就是文彌與亞夜子的住處。就讀魔法大學的期間，兩人被賦予六樓「分部」的管理權限。

亞夜子與文彌都只提著一個小包包就來到東京。連小型行李箱都沒帶。不只是生活必需品，連不太需要的私人物品，都已經由黑羽家的幫傭運送過來了。不但打掃清潔十分徹底，冰箱內容物也補充到隨時可以開始生活的程度，可說是打理得無微不至。畢竟客觀來看，兩人是名門出身的大小姐與少爺。

「姊姊，去達也先生他們家打招呼吧。」

把隨身行李放在自己房間之後，文彌在亞夜子的房間前面叫她。現在時間是下午五點出頭。在這個時段即使登門拜訪打招呼也不會太晚。

房內傳出「等一下」這個聲音，房門幾乎在同一時間開啟。文彌在千鈞一髮之際躲開這扇外開的房門。

「我想沖個澡。」

一邊這麼說一邊走出房間的亞夜子，是脫掉外套與裙子，身上只剩一件上衣的模樣。

「為什麼是這副模樣啊……」

文彌發出傻眼的聲音。看起來沒有特別害羞。

「內衣有穿著喔。」

「這種事，我有看見襯裙所以知道啦。」

亞夜子身上的上衣衣襬，露出不同於襯衫的蕾絲下襬。

此外文彌的視線朝向亞夜子的臉。大概是在她走出房間的瞬間就檢視了服裝吧。

「不是襯裙喔，是長版的小可愛。」

小可愛也有內衣與襯衣兩種類型。亞夜子應該是想說「你看見的小可愛不是內衣款式」。

但是文彌果斷說出「騙人」這句話反駁。

如果是普通的十八歲男生，聽到女生說「不是內衣」肯定很難斷言「騙人」。不過文彌基於「工作」所需而頻繁「喬裝」，所以不只是男裝，對於女性的衣服也瞭如指掌。

亞夜子也知道這一點，所以沒有強辯「不是內衣」，只回以淺淺一笑就進入浴室。

只圍著一條浴巾的亞夜子走出浴室一看，文彌正在客廳拿著話筒講電話。大概是方便亞夜子隨時可以走出來，所以選擇以語音通話吧。

「……不，我們不累……謝謝。那麼我們七點過去拜訪……抱歉打擾了。」

說出結尾的話語之後，文彌將話筒放在充電器上面。

「達也先生？」

「沒錯。」

「約七點？」

亞夜子從剛才稍微聽到的文彌發言，推測電話的內容。

文彌回答「沒錯」起身。

「是要吃晚餐嗎？」

「好像是從昨天就幫我們準備，所以我拒絕不了。」

「……沒什麼時間了。日式？法式？」

既然受邀共進晚餐，就必須配合菜色來打扮。亞夜子就是為此才這麼問。其實不必想得這麼拘謹，但是亞夜子不想讓達也與深雪看見她邋遢馬虎的模樣。

「聽說是非正式的套餐。」

「這是最傷腦筋的吧……」

聽到文彌的回答，亞夜子皺眉了。雖然統稱為「非正式」，範圍卻很廣。要是用心穿上雞尾酒禮服赴約，可能會因為旁人都穿便服而格格不入，相反的狀況也可能發生。

亞夜子苦思到最後，決定採用「格格不入也無妨」的方針。

文彌不情不願地配合了。

文彌穿上西裝打領帶，亞夜子穿上雞尾酒禮服，造訪四葉家東京總部大樓三樓的餐廳。由服務生帶領前往餐會座位。看到在餐桌旁邊等待的達也與深雪，文彌心想「糟了」掠過一絲慌張，亞夜子的笑容稍微緊繃。

站起來迎接兩人的達也與深雪，身上服裝僅止於便服的程度。

不過幸好文彌他們不會覺得太過尷尬。

達也與深雪都穿便服，但也不是那麼輕便的打扮。達也沒打領帶，卻穿著合身的深色西裝外套。深雪身上不是正式禮服，卻是正統又典雅的連身裙。

從某些角度來看，對方是在正式或非正式餐會都能配合場中氣氛的服裝。或許達也他們這邊也不知道文彌與亞夜子會穿什麼服裝前來而苦惱。

「兩位，恭喜畢業。」

首先達也祝賀文彌他們畢業。

「然後雖然有點性急，不過恭喜你們進入魔法大學。」

達也說完之後，深雪接著對於兩人進入魔法大學贈送賀詞。

入學典禮還是兩週多以後的事，如深雪自己所說，現在祝賀有點心急。但是文彌與亞夜子都沒有不識趣指摘這一點，異口同聲回應「謝謝」。

「兩位不必客氣，坐吧。」

達也說著拉開自己的椅子。

服務生間不容髮同時拉開深雪與亞夜子的椅子。文彌等待深雪坐下之後以眼神制止服務生，自己拉椅子坐下。

「文彌、亞夜子，今後我們就是鄰居了。我想你們應該不會遇到什麼困難，不過有什麼事都可以隨意找我們商量喔。」

「謝謝您，深雪小姐。恭敬不如從命，今後請容我依賴兩位。」

深雪投以美麗的微笑，亞夜子也不服輸般回以豔麗的笑容。

達也掛著從容的笑容看著這樣的兩人。

「話說達也先生，聽說有裏側社會的人在糾纏您？」

面對姊姊展露的對抗心態，文彌不像達也這麼老神在在，唐突改變話題。

「有興趣的話可以告訴你，不過吃完飯再說吧。」

「……好的，不好意思。」

文彌察覺自己太早發問，像是害羞般道歉。

「——目的應該是要暗殺我吧。」

吃完甜點進入咖啡與紅茶的時間，達也開始說明從年初煩心至今的猖獗惡徒。

「暗殺？」

達也說得若無其事。大概是「不會實際造成危害」的自信表現吧。

在深雪身上也看不出慌張神情，因為她已經聽過說明。

不過黑羽姊弟即使知道達也周圍有可疑人物作祟，卻在今天首度得知這些地痞流氓的目的是暗殺達也，所以難掩驚訝之意。

「真是不可原諒……」

「……不知天高地厚的這些傢伙，身分已經查明了嗎？」

同時也沒掩飾憤慨之意。

「昨天在附近徘徊的是廣域暴力團的末端組織成員。不過幕後指使者好像不是表面上的上層組織。」

「……請讓我們調查。」

停頓片刻就提出這個要求的文彌，眼神完全發直。

「我不在意……不過對方以我的私人部下就能應付，用不著查明身分。」

「達也先生說的私人部下，是藤林家的人吧？」

「沒錯。」

達也將藤林大門收為自己的部下時，姑且有徵得真夜的許可。大門納入達也旗下的這件事，當時也通知本家與分家，以免在不知情的時候和四葉家旗下的特務起衝突。所以對於達也來說，亞夜子知道大門的事情並不意外。

「而且我受到當局的監視，其中也有公安的人。雖然管轄範圍不同，但他們也是警察，要是覺得礙眼應該會進行相當程度的處理吧。如果是警方不敢出手的對象，結果反而可能讓那些傢伙有藉口推託。」

達也不是說「警方不能出手」而是「不敢出手」，這不是他口誤。警方不應該和犯罪組織勾結，但是像達也這樣以某些意義來說令掌權者覺得礙眼的人物，就必須提防這種事。

「要是懷疑幕後有特殊關係，那就更不能置之不理。我們不會貿然做出損害您利益的行為，所以起碼讓我們調查對方的背景好嗎？」

不過達也也不認為文彌與亞夜子會粗心大意被警方抓到把柄。

「既然說到這種程度，就麻煩你們調查看看吧。」

達也決定讓文彌做到滿意為止。

◇　◇　◇

文彌回到剛搬進來的住家之後，找來他的親信黑川白羽。

「少主，有急事嗎？」

黑川是文彌從國中時代開始幫忙「家業」之後負責教育兼護衛的貼身部下。平常是以黑衣組的成員活動，不過在文彌已經可以單獨出任務的現在，依然以左右手的身分隨侍在側。

他在黑羽家也是首屈一指的實力派，並深受黑羽家現任當家，也就是文彌他們父親的信賴。如果文彌被指名為四葉家下任當家，黑川應該會被選為文彌的守護者吧。黑川對於文彌來說就是這樣的部下。

「有人不知天高地厚企圖暗殺達也先生。你知道嗎？」

「知道。執行部隊是圓川會，廣域暴力團的曾孫組織。」

「曾孫組織？第三層……不對，是第四層的幫派嗎？」

「這樣形容比較好懂嗎？」

「這種末端組織為什麼對達也先生……？不，等一下。圓川會？」

文彌在半空中游移視線搜尋記憶。

「這不就是在去年底收到報告，被俄羅斯黑手黨侵占的暴力團名稱嗎？」

「原來您記得嗎？」

文彌從自己坐的椅子探出上半身，黑川一臉若無其事裝傻回應。

「……你在試探我？」

「怎麼可能，屬下不敢。」

「…………」

黑川沒從文彌的雙眼移開視線。

先認輸的是文彌。

「……俄羅斯黑手黨想取達也先生的性命嗎？」

「這必須調查才知道。」

「那就立刻調查吧。」

「遵命。」

接下文彌的命令，黑川茶都沒喝就離開房間。

「不找爸爸商量這件事沒關係嗎？」

家裡剩下兩人之後，亞夜子詢問文彌。她在弟弟和黑川交談時一直默默旁聽。

「不用問也知道答案，所以沒必要。」

「或許吧。」

兩人的父親依然打從心底討厭達也。即使商量也只會被反對吧。文彌與亞夜子在這一點的意見一致。

「可是如果沒得到爸爸的許可，人手會不夠用。」
「只要東京的人員就夠了。」
不過在執行層面，兩人的意見相左。
「這樣會耗費額外的時間喔。」
「……這不是緊急的工作。何況區區流氓傷不了達也先生一根寒毛。」
對於亞夜子的指摘，文彌回以不算反駁的反駁。
現在是叛逆期嗎？亞夜子心想。
父親貢向達也展現不講理的敵意，文彌對此感到不愉快。因此只要牽扯到達也，文彌對貢的態度就傾向於頑固。亞夜子從以前就這麼覺得。
「爸爸那邊由我來說，這樣就可以吧？」
對於亞夜子的提案，文彌沒有同意。
然而也沒有反對。

◇◇◇

魔法大學在三月也放長假。和平常不同，大學放假的這個時期，深雪並不是無法跟著達也去工作。但是深雪幾乎不會陪同前往巳燒島或ＦＬＴ。

自己一起去也幫不上達也的忙，與其這麼做，不如為了達也將自家整理成舒適的環境。深雪認為應該優先這麼做。

從兄妹關係跳過情侶階段成為未婚夫妻的關係，深雪當初感到不知所措，不過大概是內心終於追上現實，深雪已經擺脫「連一分一秒都不想分開」這種類似強迫觀念的想法，得以從容等待達也回來——與其說是未婚妻，深雪或許已經達到新婚妻子的心境。

就這樣，為黑羽姊弟進行簡單歡迎會的隔天，達也前往巳燒島處理恆星爐設施的工作，但是深雪留在東京。

上午十點，深雪打電話給亞夜子。

結束通話的亞夜子，朝文彌露出有點為難的表情。

「文彌。」

「什麼事？」

兩人從早上就在整理房間。雖然事前打掃過，生活必需品也收納整齊，但是使用的方便性因人而異。他們正在重新調整日用品與家電的擺放位置讓家裡更舒適。

「誰打來的電話？」

文彌停下手邊的動作反問。他對於姊姊的態度感到不解。

亞夜子鮮少露出困惑表情。就算這麼說，現在的她也沒傳出緊張感。看來並不是發生什麼緊急事態。

「是深雪小姐打來的……」
「深雪小姐？」
文彌的聲音變得嚴肅。
深雪是本家的下任當家。即使不緊急也可能是重要的事。文彌如此心想。
——但是他猜錯了。
「她問要不要一起出門。」
「啊？出門做什麼？」
「大概是逛街買東西吧。」
過於意外所以思緒當機的文彌，需要十秒以上的時間才擠得出下一句話。
「……這不是很好嗎？妳就去吧。我會繼續整理家裡。」
被意外感囚禁的時候只覺得超脫常軌，不過冷靜想想就發現這不是什麼奇怪的邀約。深雪與亞夜子都是不到二十歲的年輕女性，一起出門逛街沒什麼好奇怪的。
「說這什麼話，文彌你也要一起喔。」
「啊？」
文彌臉上寫著「妳在說什麼？」這句話。
「啊什麼啊，文彌你也要一起去。」
「為什麼？」

「你在慌張什麼啊……」
文彌情緒激動，亞夜子吃驚睜大雙眼。
「我反倒想問，你為什麼覺得不用一起去？」
「我是男生啊！」
文彌喊道。
「這我知道。」
亞夜子稍微歪過腦袋。
「兩名女性出門買東西，我一個男的不可能跟著一起去吧！」
「不是兩名喔。深雪小姐說莉娜也會一起。」
前年夏天，莉娜逃亡的時候，帶她去找達也的就是亞夜子。後來兩人也保持交流，交情好到可以親切互稱「亞夜子」與「莉娜」的程度。
「三女一男的話更難受啦！……慢著，和莉娜？」
另一方面，文彌和莉娜不是朋友。但是因為莉娜代替達也負責護衛深雪，所以彼此有交流。他不是使用「希爾茲小姐」或「莉娜小姐」，而是使用「莉娜」這個稱呼，是因為莉娜本人強烈希望。順帶一提，莉娜這邊沒徵得同意就直接稱呼他「文彌」。
「昨天晚上，她好像顧慮到『這是自家人的歡迎會』所以沒參加。」
「總覺得……不像是她的個性耶。」

「今後見面的機會也會增加，所以希望也可以和莉娜加深交流。這是深雪小姐的想法。」

「意思是要我和她加深交流嗎？」

「應該吧？因為深雪小姐肯定知道我和莉娜是朋友。」

「確實……有這個必要吧。」

文彌以隱約透露苦澀的語氣，承認姊姊轉述的深雪說法。文彌與亞夜子在就讀魔法大學的期間，不只是學業，「家業」也會以首都圈為中心進行吧。和莉娜共事的機會肯定也會增加。和莉娜交情已經親密的亞夜子，即使在臨時必須密切合作的狀況下，大概也可以順利相互溝通。但是文彌維持現狀的話做不到這種事。

「……知道了，我陪妳們去吧。什麼時候出門？」

「十一點在總部大樓一樓門廳會合。預定要前往東京市中心，文彌你也要好好打扮喔。」

「不要期待我這個男生打扮得多好看啦……」

文彌一邊抱怨一邊答應。

◇　◇　◇

「亞夜子、文彌，好久不見！」

文彌等人來到約定會合的門廳，莉娜以笑容迎接。

莉娜今天身穿亮色系的褲裝，是活潑又洋溢都會氣息的形象。

雖然完全是巧合，不過文彌的西裝造型也有類似的印象，甚至令人覺得和莉娜的褲裝造型是不同色調的相同款式。

兩人的體格也差不多。文彌身高一六五公分，莉娜一六三公分。

莉娜整體來說是緊實體型，穿上某些服裝看起來甚至會覺得纖瘦，但是不愧在軍中鍛鍊過，身上確實布滿肌肉。

反觀文彌即使年滿十八歲依然很適合喬裝為美少女，以男生來說是偏瘦又嬌小的體型。雖然受過相當的鍛鍊，不過大概是體質的關係，沒能練出發達的肌肉。與其說是比起外表還要強壯有力，應該說他沒能成為和肌力相符的外表。

因為外表像這樣有共通之處，所以給人相似印象的兩人服裝看起來不是「情侶裝」而是「相同款式」。

即使在東京市中心的人群之中，「她們四人」同樣引起注目。尤其是男性都朝她們投以火熱的視線。雖然完全不是文彌的本意，但他也列為受注目的對象。

「文彌在大學肯定會很搶眼吧。」

「但我覺得姊姊會比我更加引人注目。」

對於文彌的冷淡反應，莉娜露出另有含意的笑容。

「亞夜子確實是美女，不過魔法大學的學生對美女免疫喔。畢竟每天都在看深雪跟我。」

莉娜毫不害臊地把自己列為美女的代表人物之一。

文彌不覺得她這樣很厚臉皮。因為深雪當然不用說，莉娜也是絕世美女，這是客觀的事實。以客觀角度來說，姊姊亞夜子也肯定是無庸置疑的美女。不過說到她是否具有更勝於深雪與莉娜的震撼度，沒人能點頭肯定。

到這裡為止，文彌也沒有異議。

「不過校內沒有文彌這樣的美少年。」

但他不能忽視莉娜口無遮攔的這句話。

「不能叫做美少年吧？我已經是大學生了。」

可惜文彌的反駁對莉娜不管用。

「因為是大學生才稀奇喔。」

看來她不想更改自己對於文彌的「美少年」評價。

「莉娜，這種事不可以說出口喔。妳看文彌都在抗拒了。」

深雪規勸莉娜。

然而以文彌的立場，深雪的這份「善意」更刺痛他的心。

「深雪小姐，當年您穿什麼樣的服裝參加入學典禮？」

亞夜子唐突改變話題，應該是察覺文彌真的在抗拒吧。

「連身裙加小外套。原本猶豫要不要穿套裝，不過套裝的裙子大多比較短。」

深雪看起來沒有察覺亞夜子轉換話題的意圖，卻率直回答問題。或許是「身為學姊必須指點學妹」的使命感被激發了。

「年輕人穿的套裝，印象中確實大多是及膝或高於膝蓋的短裙。」

亞夜子以充滿實感的語氣附和。她穿便服的時候（除了工作所需的喬裝用服裝）也不太喜歡短裙。

「那麼，要不要去看看這種典禮用的衣服？」

莉娜順著這個話題如此提案。

今天的外出沒有特別預定的行程。莉娜心血來潮的這個提案，沒人提出反對意見。

在訂位的餐廳吃完午餐之後，四人前往百貨公司。外出當初原本想逛年輕客群的服飾大樓，不過因為要參考入學典禮穿的服裝，所以決定去逛稍微「高貴」的服飾專櫃。

對於文彌來說無聊又不自在的時間持續了好一陣子。不過對他來說，幸好沒有其他客人向他投以疑惑的眼神。

雖說幸好，但同時也可能違背本意吧。因為在別人的眼中，看遍女用套裝或是連身裙禮服討論「這款不行，那款也不好」的女性團體，文彌毫不突兀地融入其中。

深雪、莉娜、亞夜子三名美女在文彌面前將衣服搭在身上，試穿給他看。休閒服裝專櫃的主流做法不是實際換穿，而是以虛擬鏡子合成客人穿上衣服的模樣，不過這個樓層的服飾店準備了試穿用的實品。無法從虛擬影像得知的穿衣感受可以在店裡自由選配，這是各店鋪的宣傳標語。如果只要欣賞就好，對於年輕男性來說無疑是天堂。不過對於每次都被徵詢感想的文彌來說是拷問。

以達也的狀況，即使被深雪傻眼以對、被莉娜責罵或是被亞夜子看不起，大概也能心平氣和保持笑容吧。但是文彌無法灑脫到這種程度。所以他每次都絞盡腦汁尋找最佳的回答方式。

他的努力得到回報，美女們的興致絲毫不減，三人愉快地離開第五間專櫃。

接著她們走向電扶梯。大概是滿足到某個程度了吧。文彌如此心想。雖然女裝賣場不是只有這層樓，不過依照導覽來看，樓下的客群年齡層比較高，樓上販售的是休閒服飾。

在這間百貨公司已經用掉不少時間。文彌心想差不多要回去了，不然就是要將場所轉移到別的大樓。

然而一反他的預料，她們是往樓上走。

「接下來是外出服嗎？」文彌重新注入幹勁。正式服裝的稱讚要點已經公式化到某種程度，所以講評的時候不會很費心。但是休閒服飾種類繁多，所以必須更加注意避免說不到重點。

不過說來不巧（或許應該說幸好），他的幹勁撲了個空。姊姊她們直接穿越休閒女裝的樓層繼續上樓。

這間百貨公司的頂樓有休息室。大概是要去喝杯茶休息吧。

如此心想的文彌放鬆精神。但他現在這麼做還太早了。

取代莉娜領頭走在前面的亞夜子，搭乘電扶梯來到男性服裝的樓層。

「……姊姊，這裡是男裝耶？」

沒走錯嗎？希望是走錯。文彌懷著這樣的願望發問。

「是啊？要來看你的衣服，所以這不是當然的嗎？」

然而亞夜子的回答很無情。

「還是說女裝比較好？」

進而被姊姊打趣這麼一問，文彌只能選擇「……不，這裡就好」這句回答。

「唔～～……腰部必須收得很緊才行耶。」

「再小一號也可以吧？」

「但他胸膛意外地厚實。」

「明明肩膀沒那麼寬……」

從文彌的行動終端裝置傳送過來的體型資料，亞夜子她們拿來和服裝型錄資料比對，肆無忌憚地交換意見。

她們的話語傳入耳中，像是被無形箭矢一根根插在身上的錯覺襲擊文彌。

不只是身高不高，腰太細以及肩膀不寬，對於文彌來說都是煩惱的根源。因為知道姊姊她們沒有惡意，單純在陳述老實的感想，所以他更加心痛。

他其實也一直在期待。

個子可以長得更高。

自己只是發育比較慢，成為大學生的時候會更像個男子漢。

站在文彌的立場，這不是毫無根據的期待。他身邊的同性親人大多在體格上得天獨厚。例如父親貢的身高是一七七公分。雖然不是特別高，卻高於平均水準。

從表哥達也是一八二公分。雖然是遠親卻同為四葉分家下任當家的新發田勝成是一八八公分的高大體格。文彌抱持「我也可以」的這份期待也在所難免吧。

然而在年滿十八歲之前，他的身高長到一六五公分就完全停止了。文彌花費一年才接受這個事實。

自己無法成為達也那樣的男子漢。要將這句話說給自己聽，對於文彌來說是非常難受的事。即使如此，他還是勉強在自己內心妥協，不過只要被迫面對這個客觀的事實，至今內心的傷痕還是會隱隱作痛。

「……文彌，這件你套上看看。」

聽到亞夜子的呼叫，文彌以嫌煩的表情藏起內心的臭臉。

雖然亞夜子說「套上看看」，但她手拿的不是衣服，是電子型錄。而且招手的她位於鑲嵌在壁面的鏡子旁邊。

文彌不抱任何疑問，站在這面鏡子前面。文彌打直背脊朝向正面之後，鏡子裡立刻映出身穿白色短版西裝的身影。這是將試穿的衣服資料與站在鏡子前面的人物即時合成影像並且顯示的虛擬鏡子。

看著鏡子裡的文彌，深雪發出「哎呀」的聲音。

「深雪小姐，您記得嗎？」

「嗯……已經是七年前了吧？」

「是的。不過當時是偏黑的顏色。」

「哎呀，不是海軍藍嗎？」

「我想想，說得也是。」

深雪與亞夜子說的是大亞聯盟進攻沖繩的沖繩事變之前，在黑羽家別墅舉辦的晚宴。文彌在那場晚宴身穿海軍藍的短版西裝以及黑色的裝飾腰帶。

「不過現在是這個顏色比較合適。」

鏡子裡的文彌身穿白色短版西裝打上寬領帶。

「我也這麼認為。」

深雪和亞夜子的想法一樣。

「我也想看你試穿海軍藍與海軍灰的樣子。」

此時莉娜提出要求。

文彌什麼都沒說。如果要實際換穿就另當別論，在虛擬鏡子前面只要讀取別的檔案，他不必費任何心力。他現在是隨大家高興的立場。

亞夜子的指尖在型錄畫面滑動。型錄的平板裝置是虛擬鏡子的控制板。鏡子裡文彌的西裝立刻改變顏色。

「唔～～……」

莉娜看著鏡子發出低沉聲音。深雪也露出微妙表情。

「如果是深色，看起來更像是『美少年』……」

莉娜以正經八百的表情呢喃。

「拜託饒了我吧……」文彌如此心想，但他知道莉娜不是調侃而是認真這麼想，所以說不出抱怨的話語。感覺一旦說出口就會真的消沉。

「為什麼呢？因為是後退色，所以看起來會比實際上嬌小嗎？」

聽到莉娜像是獨白的這段話，亞夜子附和說「或許是這樣」。深雪什麼都沒說，但她看來也沒有異議。

後來重複進行虛擬與實際的試穿，文彌在最後獲得深雪與莉娜兩人贈送的亮米白色西裝。

試穿到最後的時候，文彌的表情看起來像是有所開悟。

走出百貨公司之後，逛街購物的行程也繼續進行。剛才文彌必須忍耐被大家反覆當成換裝娃娃，但唯一慶幸的是沒被迫幫忙提戰利品。

踏上歸途的時候，天空已經開始變暗。雖然這麼說，但這裡是大都市東京。時間還在傍晚的範圍內，不是嬌弱女性會感到不安的時段。何況深雪她們擁有強力的自衛手段，一般來說沒有理由急著回家。

不過走在通往車站的動力步道（也就是「會動的步道」）時，文彌突然披上肅殺的氣息。

「文彌？」

雖然微弱到深雪與莉娜都沒察覺，卻是足以刺激到亞夜子的變化。

「有人跟蹤。」

文彌壓低聲音催促大家警戒。

「——是那個吧。」

亞夜子基於「我也確認了」的意思簡短低語回應。

「發生了什麼事？」

莉娜對於兩人表現的緊張感起反應。

「有人朝我們投以不懷好意的眼神。」

「深雪小姐，我們被跟蹤了。」

亞夜子回答莉娜的問題，文彌提醒深雪注意。

「跟蹤？難道是最近纏著達也大人的那些無禮之徒嗎？」

深雪不改穩重的態度，靜靜反問。

「我覺得這個可能性不低。」

文彌開口回答的這個推測比較保守，但他內心幾乎已經確信。

「要抓住嗎？」

他這麼詢問深雪，也是想要掌握線索，查明狙殺達也的敵方身分。

「不需要。」

所以聽到這句回應之後，文彌感到失望。

「不必這麼失望沒關係的。」

文彌自認有將這個稍微輕率（因為他想利用深雪當前面臨的威脅）的想法藏在心裡，不過似乎被深雪看透了。

「因為抓到的那些人會交給你處理。」

不過聽到深雪接著這麼說，文彌一臉恍然大悟般將注意力朝向跟蹤者的氣息。雖然肉眼看不見，卻以氣息得知歹徒接連被抓住。文彌在這個時候首度察覺深雪有護衛暗中隨行。

「……是本家的護衛嗎？」

「是花菱先生的部下們。雖然我說不需要，但他們不肯聽話。」

深雪稍微做出無奈搖頭的動作。

她說的「花菱先生」不是成為達也私人管家的花菱兵庫，是兵庫的父親，在本家擔任管家的花菱但馬。但馬是四葉家排名第二的管家，四葉家旗下不屬於四葉親族的實戰部隊由他統括。

深雪是四葉家下任當家。即使有莉娜這名護衛隨行，但馬基於職責也不可能不派人在深雪身邊戒護。像今天這樣和達也分開行動的場合更不用說。

「花菱先生那邊派來的人們，專長並不是調查。詳情可以請文彌你那邊幫忙調查嗎？」

深雪沒說出口的話語，文彌聽得一清二楚。

——企圖危害達也大人的歹徒不能置之不理。

這也是文彌自己的決意。

「我很樂意。」

正如字面所說，文彌的表情愉快又開朗。

在這張開朗的笑容裡，他的眼睛帶著猙獰獵犬的光芒。

【2】狩獵指令

榛有希，性別是女性。年齡即將滿二十二歲。

職業是專業殺手。資歷到今年共八年。

不是自由接案，是隸屬於亞貿社這個組織。但她真正的上司不是亞貿社社長。亞貿社本身納入黑羽家旗下，但是有別於此，有希與她的團隊被定位為文彌的直屬部下——或者說「棋子」。

三月二十一日星期六。在三天前才完成一個大案子的她，這天在公寓自家發懶。

有希躺在自己房間的床上，半夢半醒地賴著床。

這個房間的門沒被敲響就開啟。

「有希小姐，有電話喔。」

只探出上半身的同居人櫻崎奈穗告知來意。

「電話～～？」

趴在床上的有希沒起身，只將臉轉到側邊，以盡顯不悅的語氣回應。她以全身主張「我想假裝不在家」。

「是文彌大人打來的，請起來吧。」

代替家事懶惰鬼有希一手包辦居家環境維護工作的奈穗，走到床邊搖晃有希的身體。

「文彌打來的？幫我說晚點回電給他。」

「就說不可以這樣了啦！」

奈穗一邊這麼說，一邊拉扯有希當成睡衣在穿的運動服。

「咕呃！喂，勒住了勒住了！」

被運動服衣領壓迫喉嚨的有希不情不願起身。

奈穗雙手扠在圍裙腰際，瞪向坐在床上的有希——不過大概因為她天生五官圓潤的眼神很溫和，所以一點都不可怕。

「請快點接電話啦。我可不想代替有希小姐挨罵。」

「要我素顏去接聽視訊電話？」

有希不想沒化妝就出現在人前，這以一般女性來說應該是正當藉口吧。用在不熟悉她的人身上或許管用。

不過奈穗知道有希在工作以外幾乎不會化妝，所以這一招不管用。

「關掉鏡頭不就好了？」

何況視訊電話也有純語音模式。有希這個說法沒能成為她不接電話的藉口。

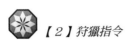

「有希小姐，文彌大人在等喔。好了啦，快點！」

在奈穗再三催促之下，有希終於離開床鋪。即使如此，腳步還是慢吞吞的，大概想當成聊勝於無的抵抗吧。

『終於來了。』

映在螢幕裡的文彌表情不是生氣，是傻眼。

「女生做準備很花時間的。」

對於文彌的挖苦（？），有希以這個制式藉口回應。但她自己也覺得這麼說很假，所以毫無說服力。

『看來是這樣沒錯。妳頭髮還是翹的喔。』

「什麼？」

有希連忙撫摸自己的頭髮。來到鏡頭前面之前，有希至少有梳理頭髮，但她以為剛才太匆忙所以沒整理好——有希來到人前的時候，姑且也會注意維持最底限的服裝儀容。

有希摸遍自己的頭髮，露出有點疑惑的表情。

看著這個微妙的變化，影像裡的文彌露出無聲的笑容。

「文彌，你這傢伙……」

得知被文彌欺騙，更正，應該說被捉弄，有希狠狠瞪向視訊電話的畫面。

『看來妳是匆忙趕過來的。剛才讓我等這麼久，就以此一筆勾銷吧。』

文彌以半開玩笑的語氣這麼說完，表情忽然變得嚴肅。

有希也維持犀利的眼神繃緊嘴角。

「是工作嗎？」

『是工作。』

「是大案子嗎？」

『是重要的案子。』

文彌簡短回答有希的問題。

『今晚八點，團隊所有人到老地方集合。』

並且追加這道命令。

◇◇◇

稍微遠離東京副都心的城市飯店「黑天鵝飯店」。以分級來說沒達到一流，卻也不忍心貼上二流的標籤，是一間高級感恰到好處的飯店。此外和比利時或西班牙的「黑天鵝飯店」沒有特別的關係。

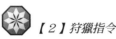

別說一般人，連諜報相關人員都不知道，其實這間飯店實質上受到四葉家的管理，是黑羽家的據點之一。黑羽家會將獵物引誘到這裡抽取情報，也會使用這裡和「承包人員」開會。

文彌召集有希團隊的地點也是這間飯店。指定的時間是晚上八點。有希與奈穗在十分鐘前抵達飯店。有希的日常生活過得懶散，卻不會在工作時遲到。她從自身經驗得知自己的工作有多麼嚴苛。

團隊成員若宮已經在飯店大廳等待。

若宮刃鐵，識別代號是「Ripper」。比有希大三歲，中等體格的男性。雖然有一段時期剃成光頭，不過因為過於顯眼，所以現在是常見的平頭髮型。

此外，他昔日的慓悍容貌明顯洋溢著「道上兄弟」的氣息，但是現在的他散發著沉穩氣息，至少在他人眼中像是僧侶般穩重。

有希還沒搭話，若宮就將臉轉向她與奈穗。

「喲，來得真早。」

有希朝著走過來的若宮輕輕舉手搭話。

「Croco還沒來嗎？」

不等若宮回應，有希就詢問停下腳步的他。

「還沒——不。」

若宮剛回答完，一名除了高大以外沒有明顯特徵的壯年男性就進入飯店大廳。

「來了嗎？」

有希看著這名男性低語。他正是剛才聊到的「Croco」，有希來往最久的搭檔，本名鱷塚單馬。識別代號「Croco」是鱷塚的鱷＝crocodile的簡稱，同時也有幕後人員「黑子」的意思。

此外奈穗的識別代號是「Shell」。這是以她擅長的魔法命名，不是「貝殼」或「外殼」而是「子彈」的意思。

至於有希的識別代號是「Nut」。是從有希的姓氏「榛」聯想到榛果＝Hazelnut而命名，同時也有「瘋狂」的意思。

「不好意思，讓各位久等了嗎？」

對於鱷塚的道歉，若宮說「沒有」微微搖頭，有希回答「時間還沒到」。

「既然都到齊了，那就走吧。」

在有希身旁待命的奈穗，笑咪咪地催促三人前進。

◇◇◇

有希並非第一次被叫來這間飯店，反倒還很常被叫來。房間也是每次都一樣，在三樓的小會議室。

四人抵達這間會議室前面的同時，裡面走出一名穿套裝的年輕女性。有希他們不認識這名女性，但是對方知道有希他們。

證據就是她沒問眾人是誰，按著打開的門向四人之中帶頭的有希說「請在裡面稍候」。她果然是文彌的部下吧。

會議室裡有一名推測是三十歲左右，身穿飯店制服的女性。雖然打扮成飯店職員，但她也肯定是黑羽家的手下。否則現在不可能位於這裡。

在女職員的邀請之下，有希坐在三人座沙發的中央。接著若宮與鱷塚坐在她兩側。奈穗就這麼站在鱷塚旁邊。這是每次的慣例。

沒看見以往那些黑衣人的身影，但是肯定躲在某處以便隨時衝進來。有希他們算是文彌的自己人，就算這麼說也不可能疏於警戒。有希知道黑羽家的心態沒這麼天真。

晚上八點整。文彌帶著一名隨從來到會議室。簡直像是在門外計算時機般準時到達。

伴隨前來的男性是有希他們四人也很熟悉的人物。

中等體格，明明英俊卻不會留在記憶裡，印象薄弱的容貌。像這樣親眼看見就能辨識是誰，但是道別之後如果被要求畫他的肖像畫會感到為難。文彌的親信黑川白羽擁有這樣的外表。

一看見文彌，若宮與鱷塚隨即起身問候。奈穗也配合兩人鞠躬致意。

不過有希就這麼坐著不動。這也是每次的慣例。

文彌沒有責備，坐在有希正對面交疊雙腳，雙手輕輕交握放在大腿。這個姿勢像是連續劇裡「邪惡貴公子」的角色，不過文彌做起來有模有樣。黑川沒坐下，站在文彌的斜後方。

「都到齊了，那麼立刻……」「等一下。」

文彌正要說明工作內容的時候被有希打斷。

「你是……文彌對吧？」

「妳說這種話很奇妙喔，有希。我看起來像是別人嗎？」

「不是『闇』吧……？」

有希困惑的原因在於文彌的服裝。長版寬鬆毛衣加上窄管褲。要是沒有先入為主認定穿這套衣服的是男性，束腰毛衣看起來就像是連身迷你毛線裙再搭配緊身褲的組合。

文彌現在沒有特別化妝。不過即使就這麼走進女廁，應該也不會受到責備。

「我沒喬裝喔……剛好有這個機會，所以我也聽聽你們的意見吧。」

「……請問是什麼事？」

鱷塚的聲音透露警戒感。

若宮也以疑惑的眼神看向文彌。

「某人說我穿上一般大學生品味的男性服裝，會以負面的方式引人注目。你們認為呢？」

「…………」「…………」「…………」

「我不會生氣，也不會做出有損你們利益的事，所以希望你們老實回答我。」

就算聽他這麼說，彼此也不是能輕鬆回答這種問題的交情。

而且從內容來看，這也不是能夠老實回答的問題。

連有希都不敢回答。文彌將她的沉默解釋為回答。這個解釋應該沒錯。

「……這樣啊。」

文彌的聲音難掩失望。

大概是覺得不應該坐視吧。

「雖然不知道是否是負面方式，但我認為確實引人注目。」

若宮以正經語氣向文彌說。

「恕……恕我失禮，我覺得文彌大人的臉蛋漂亮過頭了！」

奈穗以慌張語氣想要幫腔的對象，不知道是文彌還是若宮。

「是嗎？但我覺得比起深雪小姐或莉娜不算什麼。」

文彌歪過腦袋。不過拿深雪與莉娜當成容貌的比較對象，怎麼想都不適當。

「那兩位是特例啦……」

奈穗這句吐槽是發自內心的傻眼語氣。

「……說得也是。」

被吐槽的文彌也露出只能接受的表情。

「但是……不。」

「？」「？」

文彌的話語不自然地中斷，不只是奈穗，有希頭上也冒出問號。

文彌想要當成比較對象重新舉例的是九島光宣。但他沒有說出口。即使是比較長相的美醜，要親口說出自己比不上光宣，文彌內心還是會抗拒。

「……平常就打扮成這種風格，比較容易隱藏真實的面貌吧？」

有希這段話明顯是在安慰，但她基於立場並不是隨便這麼說。

「至少比起穿上男用西裝再化妝，中性服裝配上妝容會比較自然。」

文彌睜大雙眼，目不轉睛注視有希的臉。

「幹……幹嘛啦？」

有希像是不自在般扭動身體。

「啊啊，不……」

文彌眨眼之後從有希身上移開視線，稍微下移看向自己放在交疊雙腿上的雙手。

「原來如此……也有這種思路嗎？」

這對於文彌來說似乎是新的視角，他思索了一段時間。

「……抱歉，聊這個不必要的話題浪費了不少時間。」

重新看向有希等人的文彌完全切換心態，成為黑羽家下任當家的表情。

「這次的工作與其說是暗殺，應該說是狩獵。」

「既然您說狩獵，意思是也包括目標的搜索嗎？」

對於文彌的話語，鱷塚回以這個問題。

「第一階段是要找到目標，這部分沒錯。不過應該和鱷塚想的不一樣。」

「並不是要找出隱瞞行蹤的目標解決掉嗎？」

「應該有隱瞞行蹤吧。但是並非找出特定的目標，只要是符合條件的對象，希望你們能夠全部除掉。」

「要殺掉不特定多數的對象嗎？」

有希在這時候插嘴。

「應該沒有多到可以稱為多數。」

「請告知是什麼條件。」

聽到有希催促般這麼問，文彌淺淺一笑。

下一瞬間，有希背脊竄過一股惡寒。但原因不是文彌的笑容很殘忍，而是這張笑容帶給她不祥的預感。

「希望你們解決狙殺達也先生的傢伙。」

「……狙殺『那個人』？天底下居然還有這種蠢蛋嗎？」

有希確認自己的預感沒錯。同樣的委託——將企圖暗殺司波達也的人們反過來暗殺的工作，有希過去接過好幾件。

這些委託每一次都沒那麼好處理。某個案子純粹是對方很難對付，某個案子是有希不小心中了對方的陷阱，也有某個案子雖然暗殺本身很簡單，卻迎來非常不堪回首的結局。

其中最惡質的是，阻止司波達也被暗殺的這份工作在本質上毫無意義。

暗殺「那個人」的計畫不可能成功。有希自己曾經挑戰暗殺「那個人」一次而且悽慘失敗。

——那不是殺手應付得了的對手。

——那不是凡人能力可及的存在。

——那是千真萬確的怪物。

以上是有希的實際感受。

最近沒接到和「那個人」有關的工作，有希老實說鬆了口氣，不過說來遺憾，這段緣分還沒完全斷絕。

「目前對方的執行部隊是廣域暴力團的末端組織。」

「反正背後應該有大人物撐腰吧。」

有希的語氣早早變得自暴自棄。她已經看開認為這次「也」會是很辛苦的工作。

「是不是大人物，我覺得意見因人而異。」

「不要賣關子啦。」

有希稍微表現不耐煩的模樣。

「現在查明的是俄羅斯黑手黨與義大利黑手黨。雙方是否攜手合作還在調查中。」

文彌露出「沒想到會被說在賣關子」的表情立刻回答。

「既然使用這種說法，他們合作的可能性應該很高吧。」

有希如此斷定。

她這段話還沒說完之前，鱷塚輕聲說出「黑手黨兄弟會？」這句話。

「Croco，你說了什麼嗎？」

「鱷塚，你說黑手黨……什麼？」

前者是有希，後者是文彌。

鱷塚一瞬間露出聽不懂兩人在問什麼的表情。

但他立刻察覺自己剛才在自言自語。

「……黑手黨兄弟會。這是在我們情報販子之間私下流傳的一個傳聞。」

「黑手黨兄……兄弟會？那是什麼？」

大概是「兄弟會」這個詞很陌生，有希結結巴巴再度詢問。

「據說俄羅斯黑手黨與西西里黑手黨在高層有聯手合作，這個組織就叫做黑手黨兄弟會。這是正式名稱還是對外的通稱就不得而知了。」

「黑手黨很重視血緣或地緣關係之類的吧？俄羅斯與義大利有可能聯手嗎？」

有希露出無法接受的表情反駁。

「情報販子之間也質疑這一點。不過現在即將實行暗殺那個人的天大計畫，如果沒有這種程度的後盾反倒很奇怪喔。」

「……哎，或許是這樣吧。」

企圖暗殺達也是多麼魯莽的行為，有希曾經切身體會。所以她不由得接受了鱷塚這個稱不上根據的說法。

「這樣不夠。」

但是文彌沒接受。

「暗殺達也先生的暴行之所以有人願意承包，是因為背後有大規模的犯罪集團撐腰，這部分應該沒錯。不過說起來，要把暗殺達也先生的想法付諸實行，並不是區區國際犯罪結社能夠做出的決定。」

「意思是黑手黨兄弟會背後還有更大的人物撐腰？」

鱷塚這麼問。

「應該有財力相當雄厚的金主贊助。」

文彌加上「財力」這個限制，給予肯定的答覆。

「您委託我們的工作內容，有包含這個金主嗎？」

問這個問題的是若宮。

「不，我想請你們『清掃』的只有執行部隊。」

文彌搖頭回應這個問題，補充說明「對象只限於國內」。

「什麼嘛，原來沒要動用經費讓我們出國旅行嗎？」

「如果不介意葬身西伯利亞，我好歹可以幫妳負擔旅費哦？」

有希與文彌打趣鬥嘴——不過旁聽的奈穗覺得「不好笑」。

氣氛絲毫沒緩和，文彌對此不以為意，向黑川指示「那個給我」。

黑川從不知何時拿在手上，內建資料傳輸線的行動終端裝置抽出傳輸線，將插頭遞給鱷塚。

鱷塚立刻察覺他的意圖，拿出自己的行動終端裝置，簡短知會黑川之後接上傳輸線。

「可以嗎？」

「請。」

鱷塚點頭回應黑川的詢問。黑川操作自己的終端裝置，開始傳送資料。

資料使用有線傳輸的第一目的是預防側錄，不過傳輸速度也會稍微增加，這是因為傳輸線的性能也和無線技術一樣提升。傳輸不到五秒就結束。

「剛才提供的是在這個案子至今逮捕的人員及其所屬組織的情報。不只是被反擊打倒的實行犯，也包含在周邊調查的傢伙。」

鱷塚取下傳輸線的時候，文彌說明傳輸的資料內容。

「首先從那裡開始摧毀就好吧？」

對於若宮這個問題，文彌回答「不」搖了搖頭。

「收拾這些傢伙的工作會另外安排，請你們負責處理『新面孔』。」

然後他如此補充說明。

「不是要護衛吧？」

這次是有希發問。

「我說過吧？你們的工作是狩獵。」

「厚臉皮前來挨打的地痞流氓，由我們查出背後組織並且摧毀，是這樣嗎？」

「就是這麼回事。」
文彌這次點頭回應。
「做好準備就著手進行吧。」
然後加上這句無須多說的指示。

◇◇◇

「接下來怎麼安排？要直接去我的公寓開會嗎？」
送文彌離開之後，有希在會議室詢問另外三人今後的計畫。
若宮加入團隊之後，有希搬到三房兩廳的住處。居民是有希與奈穗兩人，所以只是要住的話選擇兩房兩廳，甚至是沒有客廳的兩房格局就夠，不過團隊成員增加之後，需要一個用來開會的房間。
「我想詳細調查收到的資料，所以可以給我一個晚上嗎？我想想……明天下午一點如何？」
對於有希的問題，鱷塚以毫不客氣的語氣回答。
「我也想看看。可以給我資料嗎？」
若宮也附和鱷塚。
「好啊。那麼當場解散吧。」

鱷塚拿自己的傳輸線接在終端裝置，有希背對他輕輕揮動單手。

就這麼走向會議室出口。

跟在有希背後的奈穗走到門前轉身鞠躬，並且說聲「先告辭了，晚安」禮貌道別。

◇◇◇

隔天中午過後，聚集在有希住處的四人各自露出苦惱表情。

「……我覺得果然需要得到『那個人』的理解。」

鱷塚以充滿死心念頭的聲音打破沉默。

「……不能只透過文彌溝通嗎……？」

有希難受地……應該說痛苦地反駁。從她這句話洋溢的避諱感，已經超過單純抗拒的程度，近似於觸犯宗教禁忌時的恐懼。

「我想避免被誤認是敵人。那一位應該不會因為見過面就手下留情吧。」

若宮的語氣像是在規勸自己。

「我知道有希小姐不擅長面對，但我認為時效已經過了。達也大人不是一直對往事耿耿於懷的那種人。」

苦惱程度最輕微的奈穗出言安慰有希——然而不保證這只是說個心安。

「是嗎～～？但我覺得他反倒是和忘記或原諒無緣的人。」

被她這麼安慰的有希，似乎只覺得這是說個心安。

有希以前不小心——被催眠術操縱而襲擊達也的時候，被警告「下次出現就會消除妳」。雖然事實略有不同，但是以這種方式扭曲的記憶，和無法迴避的死亡預感一起刻在有希內心。

有希在理性上也知道，自己不會只露個面就立刻被消除。但她對達也抱持的避諱感不是出自邏輯，而是等同於生存本能下達的逃避衝動。

「Nut，在這次的工作，監視那個人是不可或缺的環節，這妳應該理解吧？」

對於鰻塚這個問題，有希不情不願地點頭。

「那麼，妳有自信跟蹤那個人不會被發現嗎？」

「……沒有。」

有希盡顯抗拒、無奈又絕非本意的態度承認這一點。

「那麼果然必須拜會一下。這也是為了我們的生命安全。」

這時候的鰻塚雙眼發直。他所說「為了生命安全」這句話百分百是認真的。

「……知道了啦。」

有希終於以下定決心的聲音與鬧彆扭的表情點頭。

「Croco，拜會的準備工作可以交給你嗎？」

「包在我身上。」

看著點頭的鱷塚，有希終於實際感受到這次無法避免要「拜會」達也，表情變得更加苦澀。

◇◇◇

這天晚上，鱷塚被文彌叫去，連續兩天造訪「黑天鵝飯店」。原本也想帶有希過來，但她只有這次絕對不肯點頭。

「……抓住企圖襲擊達也先生的對象查出幕後關係。這個方針我理解了，也覺得這麼做沒有問題。」

鱷塚向文彌說明的計畫，是在預料敵人會襲擊的場合與狀況撒網逮捕暗殺執行部隊，逐一狩獵躲在幕後的人物，屬於正統的做法。

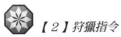

「謝謝。為此我們想請您准許在上下學與通勤的時候跟蹤那一位，並且申請管道進入那一位任職的FLT。」

鱷塚預測了達也會遇襲的幾個情境，做為具體進行作戰的前提。來回巳燒島的路上、魔法大學的通學路線、魔法大學校內、來回FLT的路上、FLT內部、和財經界人士面談的場合，以上共六個情境。

在這些情境當中，來回巳燒島是使用VTOL，所以鱷塚他們無從插手。魔法大學校內戒備森嚴，即使發現暗殺者也沒有地方能逮捕所以排除在外。和財經界人士面談的場合也基於相同理由不納入作戰考量。

至於剩下的三個情境，鱷塚請求文彌協助出力與溝通。

「達也先生並不是任職於ＦＬＴ……但你的要求我明白了。明天我會徵詢達也先生的意願再答覆你，不過應該沒問題吧。」

「如果可以得到許可，我們全體團隊想要直接拜會那一位。」

「說得也是……這麼做確實比較好吧。」

「麻煩您了。」

鱷塚露出恭敬表情向文彌低頭。臉部沒有放鬆。但是鱷塚從臉部表情以外透露的氣息，藏不住放下肩膀重擔的安心感。

◇◇◇

隔天，文彌造訪巳燒島。

吃完早餐之後，他寄電子郵件給達也說明「有事想要見面談」，收到「在巳燒島見面」的回覆。

亞夜子今天也和深雪、莉娜共三人一起出門。以前的深雪與亞夜子絕對不是會一起到處玩的交情。兩人之間存在著微妙的緊張感。

就文彌看來，這種感覺至今也沒消失。但是不提這個，女性也有女性之間特有的交流吧。或許是鄰居關係的延伸——也可能單純只是這種表面上的來往很快樂。

其實文彌個人希望亞夜子一起來。不，這種說法可能會招致誤解。從這次要談的內容性質來說，他認為亞夜子其實也應該一起來。

因為如今攻擊達也和攻擊四葉家同義，處理這種事態是四葉家諜報部門——黑羽家的責任與義務。至少文彌是這麼確信的。

不過身為黑羽家當家的文彌父親，可能抱持不同的想法吧。

巳燒島正在快馬加鞭建設恆星爐設施。恆星爐通過實驗階段，已經有一部分進入商用運轉階段。現在達也為了進一步提昇效率，主要致力於改良人造聖遺物。

所以現在達也工作繁忙。不過抵達研究所的文彌立刻被帶去見達也。看來達也配合文彌預定抵達的時間空出行程了。

達也在研究所內部設置的喫茶室。室內沒有其他人影。不知道是原本就沒什麼人使用，還是為了文彌而包場。

猜測應該是後者的文彌，包括無須等待會面——達也為他空出行程的這一點在內，懷著惶恐的心情坐在達也正對面。

首先文彌對於達也願意撥空的這件事道謝，進行制式的問候之後，達也立刻詢問他的來意。

文彌今天也不是來閒話家常的，所以立刻轉告鱷塚的要求。

「知道了。容我心懷感謝收下這份好意。暗殺者就交給你處理吧。」

「好的！請交給我！」

「我也想拜託你安排和這些部下見個面。事不宜遲，明天晚上可以嗎？」

「沒問題，這邊會配合您。」

「地點的話……我想想，老是使用同樣的場所也不太妙吧。你知道四方八方亭嗎？」

「是在南青山的餐廳吧。包廂由我來訂。」

如文彌所說，四方八方亭是位於南青山的高級日式餐廳，和黑天鵝飯店一樣，實質上是由四葉家管轄。不只是四葉家的相關人員，政治家也會利用這裡進行密談，對於黑羽家來說是重要的情報收集據點之一。

「這樣啊。那就拜託了。」

基於這樣的隱情，所以現階段文彌在四方八方亭應該比達也吃得開。達也在瞬間做出這個結論，交給文彌辦理訂位手續。

「好的！請問時間要訂幾點？」

「訂在八點半吧。」

不用說，達也指定的是晚上八點半，文彌沒有反問這種理所當然的事。笑盈盈說「知道了」並低頭致意的文彌就像是優秀的女性祕書，不然就是幹練的女僕。

◇ ◇ ◇

三月二十四日夜晚。

有希等四人來到南青山某條巷子裡的高級日式餐廳。

大概是不習慣坐在榻榻米包廂吧。有希在座墊上頻頻扭動。

若宮似乎不以正坐為苦，但是看起來果然不太自在。

鱷塚大概是平常會以情報販子的身分出入各種場所，表面上泰然自若。

令人意外的是奈穗，她最融入高級日式餐廳的氣氛。

以這種狀態等待將近三十分鐘。

文彌伴隨達也準時現身。

文彌跟著達也就坐。

兩人都是慣於正坐的坐法。尤其達也是落落大方又無懈可擊的坐姿。

「雖然也有達也先生已經認識的人，不過就請你們重新自我介紹吧。」

文彌坐好之後的第一句話不是打招呼或慰勞，而是要求有希他們向達也盡到禮數。

沒人抱持反感。鱷塚與奈穗從一開始就不是會因為這種小事就反抗的個性，有希與若宮則是沒這種心情。至今穿越無數死線的兩人正在朝全身使力，拚命克制逃走的衝動。

有希在內心咒罵——這傢伙該不會變得更危險了吧？

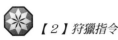

若宮在內心呻吟——這個男的真的是人類嗎？

壓迫兩人的是無從迴避的死亡預感。

達也沒釋放殺氣。他就只是位於該處。

有希與若宮感覺到的是絕對的戰力差距。他們實際感覺到對方只要有心，自己甚至無法做出像樣的抵抗。也確信眼前的「存在」掌握了自己的生殺大權。

「那麼從最年長的我開始……」

鰻塚打頭陣的同時，有希與若宮同時暗自鬆了口氣。達也的視線移向鰻塚，使得兩人從束縛身體的緊張感解脫。

兩人沒察覺自己正在演一場獨角戲。

他們剛才只是擅自模擬和達也交戰，結果得到死亡的幻象而感到畏懼。

鰻塚自我介紹完畢之後輪到若宮。即使被達也投以視線，若宮也沒感覺到剛才那樣的緊張。

有希也一樣。在不情不願自報姓名的時候，即使承受達也的視線，有希也不再被絕望囚禁。

有希與若宮即使在虛擬世界，也已經放棄抵抗達也。

就這樣，有希他們四人和達也面會完畢。

鰻塚說明的暗殺者迎擊計畫，達也以大方的態度准許了。

不過追加了「從後天開始」這個條件。

【間幕】

二〇九九年三月二十五日，上午十點。

「差不多該出門了。」

達也輕敲房門呼叫深雪。

門立刻開啟。

「知道了。」

喜孜孜回應的深雪，服裝是春季色調的高雅連身裙。感覺可以直接出席三星級飯店舉辦的宴會，卻不到禮服那種程度的排場。柔軟的寬邊帽是恰到好處的特色單品。當成上街的外出服也不奇怪，處於絕妙的界線。

今天是深雪的十九歲生日。達也請假不工作，接下來要帶深雪出去玩。

「怎麼樣，達也？重新愛上了嗎？」

莉娜在深雪後方探頭。她剛才像是侍女般幫深雪穿搭。莉娜不太在乎自己的時尚品味，不過似乎很樂於為深雪打扮。大概是「玩娃娃」嗜好的延伸吧。

「是的，非常迷人。」

達也毫不害臊，一點都不猶豫地正色回答。

「哎呀哎呀……還是老樣子耶。」

莉娜在傻眼的同時似乎很高興。

深雪臉頰泛紅，似乎有點不好意思。「謝謝……」她輕聲這麼說。

深雪在玄關穿好鞋子之後，達也向她伸出左手。

深雪不是牽手，而是挽住他的手。

就像是將交纏的手抱在懷裡，將身體貼向達也。

達也維持這個姿勢轉身看向莉娜。

「之後拜託了。」

「嗯，交給我吧——一路順風，祝你們有美好的一天（Have a nice day!）！」

在莉娜笑咪咪的目送之下，達也出門和深雪約會。

◇◇◇

「那麼……」

目送達也與深雪離開的莉娜，露出特別來勁的笑容。

（我也必須趕快準備出門才行。）

【間幕】

莉娜在心中低語，回到自己的房間。

莉娜的住處和達也與深雪的住處位於同一棟大樓的同一層樓。來回所需的時間是零分鐘。她在自己住處換上方便活動的服裝，取出不會觸犯日本法律的祕密武器裝進腰包。

門鈴在這個時間點響起。莉娜臉上沒有浮現意外感。她一邊繫上腰包，一邊以語音指令回答「是，請問哪位？」——「是」是代替應門的按鈕，「請問哪位？」是應門的話語。

『屬下是花菱。』

「我現在開門。」

正如這句話所說，莉娜快步走向玄關，只瞥了門口監視器螢幕一眼就穿鞋開門。

「早安，莉娜大小姐。今天您也是心情美麗……」

「走吧。」

莉娜打斷兵庫的問候，從玄關走到戶外。門關閉之後自動上鎖。

「遵命。」

被打斷話語的兵庫沒堅持說下去，向莉娜行禮致意。

這時候的莉娜已經走向電梯。

在前往地下停車場的電梯裡，莉娜詢問兵庫「準備ＯＫ了嗎」。

「當然。他們兩位預定經過的路線，部下們已經就定位了。」
「這樣啊。應該沒辦法不被達也察覺，但是不會被深雪發現吧？」
「這方面屬下有嚴格吩咐。」
聽到兵庫的回答，莉娜回應「很好」暫且接受。
緊接著，電梯停止並且開門。
走出電梯廳的不遠處，停著一輛插著好幾根天線甚至也有衛星天線，像是轉播車的大型廂型車。莉娜頓時露出困惑表情，因為三年前她第一次來到日本時用來作戰的指揮車，外表和這輛車一模一樣。
但她停下腳步的時間短得可以形容為一瞬間。在兵庫催促之前，她就自行開門坐進廂型車。
車上沒有違背外表給人的印象。座位有兩排，後面有一半放滿情報機器。後排座位和前排間隔很寬，可以使用筆記型裝置的控制台操作車上的機器。
莉娜覺得這方面比起三年前作戰使用的指揮車更有效率。不過乘坐人數包含駕駛只有四人。是不考慮人員輸送，專精於指揮管制的設計。
坐在後排座位深處的莉娜，從車門置物盒取出頭戴式通訊機戴在頭上，然後立刻按下耳機內建通訊機的遙控開關。
「通知全體人員。」
莉娜開始以熟練的語氣向麥克風發話。

「這次的任務如各位所知——」

廂型車起步前進，但是她的語氣沒被打亂。

「——目的是要在今天一整天，徹底排除妨礙達也與深雪的人。無論對方是誰，都不准在今天妨礙兩人。說來遺憾……」

莉娜的音調在這時候變低。

「要在不被達也發現發現的狀況下完成任務應該不可能吧。不過——」

然後她再度拉高音調。

「不能讓深雪發現我們介入。這是困難的任務，但是希望所有人全力以赴完成任務。期待各位的奮鬥。」

就像是回到STARS總隊長時代，莉娜以或許比當時還要認真的表情為眾人打氣。

頭戴式裝置的聽筒，傳來回應她這段激勵的聲音。

「辛苦了。」

然後鄰座的兵庫對她說出慰勞的話語。

◇ ◇ ◇

在訂位的餐廳包廂用完午餐之後，達也帶深雪前往珠寶店。是舉世聞名高級品牌的門市店。

達也摟著深雪的腰，引導她走到展示櫃前面。達也筆直注視的展示櫃檯裡，是使用大顆鑽石的各式鑽戒。

「挑選妳喜歡的設計款式吧。」

「要買給我嗎……？」

深雪的聲音隱含「當成生日禮物不會太昂貴嗎」的疑問。

「不僅僅是生日禮物。」

達也正確理解深雪沒說出口的疑問。

「是訂婚戒指。雖然遲了很久，但我希望妳收下。」

在櫃檯後方陶醉欣賞深雪美貌的女店員回過神來，輕聲發出「哇！」的聲音。

深雪嘴角綻放笑容，臉頰稍微染紅，同時露出疑惑表情。

「可是我已經收到訂婚戒指了啊……？」

深雪略顯顧慮般說出事實。

這樣是在指摘「該不會是誤會了吧」，但達也毫不慌張。他的表情顯示這都在意料之中。

「那是姨母大人挑選的，也就是四葉家給的訂婚戒指。今天是『我』想送妳訂婚戒指。」

店員臉上頓時掠過驚愕與緊張，大概是因為知道四葉家的事吧。或許是從四葉家的名字回想起在某段時期驚動新聞媒體的達也。

不過這張表情瞬間消失。可以說不愧是在高級品牌負責最高價商品櫃檯的店員。

另一方面，表現在深雪臉上的動搖沒能在瞬間消失。睜大雙眼僵住的她，臉頰至今依然鮮豔通紅。

深雪低頭看向下方，靜靜深呼吸。再度抬頭的時候，以淑女的笑容藏起內心的動搖與喜悅。

「——那麼，可以請達也大人挑選嗎？」

「知道了。」

大概這也在意料之中，達也沒慌張也沒躊躇，指向櫃子裡所展示，大小鑽石均衡排列的一枚戒指。雖然沒有特別大顆的寶石，卻反而適度抑制寶石的搶眼感，形成清純的印象。

「可以讓我看看這枚嗎？」

「好的。」

店員露出滿面笑容，從櫃子取出戒指。

「請試戴。我覺得這個尺寸對於客人來說剛剛好。」

店員在這麼說的同時，不是向深雪，而是向達也遞出白色手套。

達也毫不猶豫戴上手套，右手拿起戒指，左手捧著深雪的左手。

深雪凝視自己的左手。

達也將右手所拿的戒指套在她的無名指。

深雪將左手移到眼前，陶醉注視套在無名指的戒指。

「喜歡嗎？」

達也詢問深雪。

深雪從戒指移開視線，抬頭看向達也的雙眼回答「喜歡」。

「那就好。」

達也向深雪露出穩重的笑容點頭，視線移向店員。

「那麼我要訂製這枚戒指。」

這枚戒指的價格是一千五百萬日圓。到了這個等級的價格區間，不只是戒圍尺寸，戒圈之類的其他細節也會配合手指形狀從零開始製作，這種半訂製款式是現在的主流。加工費從一開始就包含在價格內。

店員的笑容和達也成為對比，靜不下心又難掩興奮。

店員小心翼翼從深雪手指取下戒指，慎重放在鋪著柔軟布料的展示盤，進而詢問達也「請問要以何種方式付款？」時，聲音有點顫抖。

雖然她看起來年輕，卻是持續做這份工作十年以上的資深店員。即使是這樣的她，也首度遇到客人第一次來店裡就立刻決定購買這個金額的商品——此外達也確實是第一次來這間店，不過已經預先利用線上型錄與虛擬店鋪充分調查過。他也不是以第一印象挑選戒指。

「刷這張卡沒問題嗎？」

達也說完取出的是額度無上限的信用卡。

「是的……可以使用。」

「那就一次付清。」

店員的笑容不自然地僵住。即使如此，她還是維持恭敬語氣回答「知道了」接過卡片。

後來進行手指的丈量、設計的客製化等細部說明，以及信用卡的身分確認與認證手續等等，從入店到走出店鋪經過了將近兩個小時。

只不過這種程度的時間早就在達也預料之中。達也叫的計程車已經停在店外。不是無人計程車，是高價的有人計程車。兩人搭乘這輛計程車前往下一個約會地點。

◇　◇　◇

「這裡是最後一站吧？」

達也帶著深雪進入高樓飯店。莉娜在不遠處停放的車子裡看著這一幕，詢問鄰座的兵庫。

「是的。預定在這裡的餐廳用完晚餐就會回去。」

「看來勉強算是沒被發現了……」

莉娜同時吐出安心與感嘆的一口氣。如果幫她的這句話補足，會成為「看來（到目前為止）勉強算是沒被（深雪）發現了」。

會夾雜嘆息也是在所難免吧。在這半天左右的時間，莉娜承受肉麻的感覺，忍著不把塞滿嘴的糖吐出來，跟著達也與深雪的約會到處跑。而且附加條件是不能被深雪發現。

「累死了……這項任務對心臟不好……」

躺在車子椅背的莉娜攤軟放鬆全身力氣。雖然不是遠足，不過今天的任務直到回家都在工作範圍。目前任務還不算結束，但是包含兵庫的車上所有人都沒責備她的態度。

因為他們或多或少都同樣感覺到精神上的疲勞。

他們的護衛確實沒被深雪發現。不過今天的深雪從一開始就是沒把達也以外的人納入視野範圍的狀態。

然而無須多說，達也並非如此。他不只是察覺護衛，還自己找出暗殺者，屢屢以視線指示莉娜與兵庫等人。

護衛對象比護衛先察覺歹徒，就某方面來說是在批判護衛太窩囊。被帶著未婚妻約會的人這麼批判，這份壓力嚴重耗損莉娜他們的精神。

如果是平常的狀況，達也並不會平白無故讓自己人疲憊。然而今天的約會肯定也令他相當繃緊神經。

【3】來自西方的男人

二〇九九年三月二十六日星期四。任職於近畿地方警察恐攻對策部隊的空澤兆佐巡查部長，剛出勤就被叫進總部長室。

「空澤巡查部長，開心一下吧。你榮升了。」

「是調職嗎？」

空澤巡查部長今年二十二歲。從魔法大學附設第二高中畢業之後，立刻進入近畿地方警察單位任職至今是第四年。不久之前剛以魔法師警察官的特例提早一年升任為巡查部長。他的年輕臉孔露出疑惑表情。

空澤去年從神戶水上警察署調動到總部的恐攻對策部隊，至今還不到一年。恐攻對策部隊在魔法師警官心目中是明星部門。不到一年就從這裡被調走，即使是空澤以外的人也不會認為這是榮升吧。

他不記得自己在恐攻對策部隊有特別犯下什麼過錯，也自負身為菜鳥算是有所貢獻。他的內心自然產生「為什麼？」的不滿。

但幸好在這份不滿成長茁壯之前，他的誤會就被解除了。

「正確來說是外派。空澤巡查部長，命令你從四月一日起外派前往警察省廣域搜查小組。」

隨著犯罪的廣域化、高度化與凶惡化，光靠當地的警察難以處理，結果警察機構被改組為中央集權的形式，原本只負責監督的警察省，蛻變為負責犯罪搜查與治安維持的政府機構。能夠外派到警察省，如今不只是對於警界官僚，對於警官來說也是可以在更高次元活躍的榮升。

「遵命！」

在自己內心解除誤會的空澤，向總部長低頭致上最敬禮。

◇◇◇

三月二十六日。有希早早就潛入ＦＬＴ。

ＦＬＴ（Four Leaves Technology）是達也以「托拉斯．西爾弗」這個名義發表各種ＣＡＤ與相關產品的魔法工學企業。很不巧的，有希沒有足以被這間企業僱用的專業知識與技能。

有希具有名為「身體強化」的特殊能力，但她是超能力者，不是使用ＣＡＤ的魔法師。因此也無法擔任ＣＡＤ的測試人員。

她在潛入時使用的假身分是「綠屋」。綠屋是提供花朵或觀葉植物滋潤職場環境的工作，不只是提供植物本身，也提供植物的有效展示方式。這是從清掃外包公司的一個部門發展而成，如今也誕生了好幾間全國規模的專門業者。

近年來，職場的「綠化」在企業的福利層面愈來愈受到重視，在FLT不只是總公司，研究據點也請外部的業者進駐。

若要成為綠屋職員被派遣到企業內部，必須擁有「綠意規劃師」的民間證照。雖然也可以擔任證照擁有者的助手共事，不過有希在兩年前就取得這張便於潛入企業的證照，登錄在經手綠屋業務的派遣公司。這次她使用這張證照順利潛入FLT。

「綠屋」這個職業的待遇很差。盆栽或花瓶的重量使用機械就能解決，但是在負責的職場必須巡邏一整天照顧植物並且打掃周圍，有時候也要驅除害蟲。如果被分配負責小型事務所，那麼一天就得跑好幾間事務所。

有希潛入的FLT開發第三課大樓（在FLT內部單純稱為「研究所」，以前的正式名稱是「CAD開發中心」）規模算是很大，所以她順利成為專員派駐在這裡。身為潛入特務的她獲得絕佳的條件，如今翻著裙襬快步走遍研究所各處。

此外綠屋的職員有九成以上是女性，幾乎所有公司都採用連身裙加圍裙的女性制服。這是將綠屋「為職場帶來滋潤」這句宣傳標語故意曲解的結果。不過大概因為基本上都是幕後工作，所以男性當然不用說，女性也鮮少抱怨。「制服像是女僕」這個問題一直被置之不理。

話說，榛有希有一張娃娃臉。同時也是嬌小的少女體型。雖然她即將滿二十二歲，但即使正常打扮，看起來也只像是高中生程度。假扮小學生終究有難度，但如果是女國中生肯定可以順利喬裝成功。

這樣的有希身穿圍裙與連身裙，翻動裙襬到處跑。她從第一天就立刻成為研究所的紅人。和一個世紀前不一樣，研究所也有很多女性，但是年紀達到某個程度的職員們不問男女，都以笑咪咪的眼神看著以嬌小身影忙得團團轉的有希。

有希就這樣順利成功潛入ＦＬＴ。

◇　◇　◇

達也從四月起是魔法大學二年級學生，但他以魔法工學技師的身分每天投注精力工作。新學期開始之後，職場在他生活裡的比重也肯定高於大學。

工作的地點也是，待在巳燒島恆星爐設施與四葉家研究設施的時間逐漸增加。現階段的比例是和ＦＬＴ的研究所——位於町田的開發第三課各半，但他本人與周圍的人們都認為不久之後會以巳燒島這邊為主。

不過達也目前是以每週三天的頻率前來町田。

話說達也歷經二〇九七年春季到夏季發生的一連串國際事件，不只是魔法相關人員，平常和魔法無緣的一般大眾也認識他了。雖然不像是陷入醜聞的政客或藝人那樣連日被媒體揭露，然而不只是名字，他的長相已經也算是廣為人知。

兩年的歲月並沒有漫長到令大眾忘記重大事件的要角。雖然不會光是走在路上就引起騷動，卻偶爾成為耳語或傳聞的題材，留在人們的記憶裡。達也不方便利用大眾交通工具的狀況，直到二〇九九年三月底的現在依然持續。

就某種意義來說，他以自己的車子通勤是順其自然的結果。

從調布到町田，達也自己握著方向盤開車來回。

雖說是「握著方向盤」，但這個區域對應自動駕駛功能，而且實際操作的是棒狀的操縱桿。二十一世紀末的現在，以方向盤操作的自動車是整體的半數多一點。在自動駕駛網完善的東京市中心低於四成。「握著方向盤」這句話如今偏向於慣用句的意義。

——言歸正傳。

達也自己開車通勤，對於鱷塚與若宮來說也方便行事。最普遍的大眾交通工具「小型電車」很難跟蹤。不只無法像是以前的電車一樣共乘，即使知道目的地，配合到站時間跟蹤的這種做法事實上也不可能。即使在同一個車站搭乘後續的車廂，也不一定能緊跟在後。就算設定相同的終點站，也可能在中途分別使用不同路線。

即使想在下方道路開車追蹤，小型電車的速度也比較快。雖說實施人車分離的安全政策所以紅綠燈減少，卻也不是完全沒有。若使用機動性高的機車並且無視於交通法規就勉強可以追蹤。跟蹤小型電車的難度高到必須做到這種程度。從這一點來看，如果對方是自己開車通勤就可以正常跟蹤。

三月二十七日星期五。昨天達也沒去FLT出勤，所以今天對於兩人來說是第一天出任務。

若宮騎機車飛馳，鱷塚開廂型車輔助，兩人以這種形式跟蹤達也開往町田ＦＬＴ的自動車。

現在某人想要取達也的性命。但是鱷塚他們的目的不是護衛達也，是除掉狙殺達也的「某人」。任務的第一階段是查出必須解決的對象身分。雖然必須保持距離以免跟丟達也的自動車，同時不能被襲擊者察覺，不過對於原本就以暗殺者身分活動的若宮來說沒那麼困難。

早上出勤的時候，從調布到町田的去程路上沒發生任何事。就算這麼說，若宮與鱷塚都沒特別失望。因為兩人都不認為從第一天就會有所進展。

但是他們這種內行人觀念的非樂觀主義很「幸運」地遭到背叛了。

「Croco，發現一輛旅行車接近那個人的車子。車牌號碼是——」

在回程的途中，若宮發現一輛旅行車不自然地接近達也的轎車，以行動通訊向鱷塚回報車牌號碼與車種。

『……是贓車。車主是群馬的地頭蛇，所以可能是謊報失竊。』

「所以是一夥的嗎？聽起來有可能。」

和鱷塚通話的同時，若宮也繼續專注騎車與觀察。旅行車行駛在達也車子後方。只要其他車輛想插進來就會加速拉近車距，跟蹤得很露骨。

看來技術不太好。若宮看著旅行車的駕駛狀況如此心想。可能是跟蹤的技術不精，或是不習慣暗殺工作本身，他的印象是後者。應該沒人笨到派遣外行人暗殺達也，所以是試探護衛體制的棄子吧。若宮如此判斷。

如果若宮的目的是護衛達也，那麼襲擊者技術不佳就是值得歡迎的事。但是若宮他們現在的目的是從現行犯這裡查出背後的主謀。既然是棄子，就算抓起來拷問也不知道幕後黑手的事吧。

然而即使無法達成目的，也不能就這麼毫無作為地離開。沒什麼動力的若宮就這樣基於義務繼續跟蹤。

降低的幹勁很難回復。提不起動力的最大原因是缺乏必要性。

——暗殺那個人的計畫不可能成功。

如此確信的應該不只若宮一人。幸好若宮自己沒挑戰過暗殺司波達也。但是用不著聽實際魯莽挑戰並且失敗的同伴說明，他基於直覺——更正，基於本能明白這一點。

他——「那位」不是凡人應付得了的存在。「那位」是超越人類的某種存在。即使叫做超人的人種真實存在，也殺不了「那位」。光是超「人」還不夠。必須是同樣超越人類的存在，否則應該不可能殺掉「那位」。

因為暗殺肯定會失敗，所以護衛根本沒有意義。原本甚至連反擊都不需要。雖然不是「飛蛾撲火」，但是出手的人會接連死亡。愚者即使這麼置之不理，事實上也會逐漸自滅。

若宮也明白。這個絕對不會成功，魯莽又沒意義之暗殺計畫的策劃組織，若宮他們之所以受命加以殲滅，主要出自於黑羽文彌「竟敢狙殺達也先生，不可原諒！」的這份私情。就像是被迫應付孩子的壞脾氣。

但是若宮他們團隊的老闆，正是發作這份壞脾氣的美少年。必須遵從他的命令。

並不是任何工作都有意義。這個定理不只能套用在檯面下的行業。說來悲哀，愈是高度複雜化的組織，沒意義的工作就愈多。我們的工作很單純，相較於行政職位的上班族，被迫進行無意義工作的場面肯定比較少——若宮以這個想法安慰自己，以義務感壓下不滿情緒。

或許該說幸好吧。若宮不必忍受徒勞感太久。

離開幹線道路，車輛數量減少的時候，那輛可疑的旅行車忽然加速。在四線道路插入旁邊車道超越達也的轎車時，旅行車再度變換車道，粗魯插到轎車前方緊急煞車。

然而就像是早已預料，達也的車移動到旁邊車道，也就是旅行車剛才行駛的位置。交通管制系統不可能進行這種危險駕駛。像是飛車特技的這種駕駛是達也自己操作的。

技術真好。若宮如此心想。不只是魔法，居然連駕駛技術都是一流水準，他甚至懷疑達也到底是何時在哪裡練習的。但是立刻就沒有餘力思考這種無謂的事情了。達也駕駛的自動車輕鬆從緊急煞車的可疑車輛旁邊超車。遭殃的是緊跟在旅行車後方的車輛駕駛。

旅行車第二次粗魯變換車道，隨即緊急煞車。

交通管制系統的自動制動防止了追撞事故。但是連鎖的緊急煞車影響車流造成回堵。

成為混亂原因的旅行車，連忙開始追趕目標。但是被拋下的時間不算短，即使緊急起步也已經看不見達也的車。不只如此，遠方開始響起警車的警笛聲。

大概是管制系統通報的吧。危險駕駛即使沒造成車禍也違規了。並不是最近交通法規變得嚴格。單純是因為以前如果沒發生車禍，或是現場剛好沒有警察的話就不會被檢舉。就算被抓也只會被扣點或是罰款，但是對於黑手黨的手下來說，被抓到的這件事本身才是問題。暗殺者停止追蹤達也，往警笛聲的反方向逃離。

若宮追了上去。如果是用來逃走的小路，機動性高的機車比較有利。旅行車感覺像是有路就走，毫無章法不斷左彎右拐，靜音功能優秀的電動機車故意維持適當的距離緊跟在後。

連襲擊達也都做不到的暗殺者，若宮的第一印象是「技術很差」。這份印象隨著時間經過愈來愈強烈。

無論過多久，旅行車似乎都沒察覺有機車跟蹤。結果暗殺者的車直到逃進根據地，都沒做出甩掉跟蹤的舉動。

根據地位於多摩地區西部，多摩川中上流域的東岸。這裡的外國人比例很高，從以前就一直是以賣春為首的犯罪層出不窮的地區。雖然不是「藏樹木最好的地方是森林」，不過可說是首都周邊很適合外國罪犯，尤其是東洋以外罪犯的藏身處。

「我想要直接進去，你認為呢？」

若宮在不遠處觀察旅行車逃進去的根據地，透過線路徵詢鱷塚的意見。

『應該可以吧。』

回應的聲音聽起來滿不在乎。清楚感覺得到電話另一頭也不抱期待。

「知道了。不抱期待等我吧。」

若宮以專業語氣——也就是看不出會挑剔工作的平淡態度結束通話，靜靜騎車前往根據地。

◇◇◇

若宮出現在有希住處，是天色完全變暗之後的事。屋裡不只是同居人奈穗，也看得見鱷塚的身影。

「怎麼樣？」

一看見若宮，有希就詢問結果。

「正如預料落空了。」

若宮以熟門熟路的態度坐在飯廳椅子。文彌分配給有希的這個房間也兼用為團隊會議室。

「你有問過話吧？」

「——但是毫無意義。」

有希詢問的時候，奈穗從旁邊放了一杯麥茶在若宮面前。若宮舉起單手表示謝意，喝完端上桌的麥茶之後回答有希的問題。

「今天企圖襲擊那個人的傢伙，隸屬於以東北為地盤的廣域暴力團末端組織，簡單來說就是小混混。他自稱在組裡是排名第一的殺手……總之就跟壞學生差不多。」

「居然是嘍囉嗎？他應該連那個人是誰都不知道吧？」

「不知道的樣子。聽說上面只告知車種與車牌號碼就叫他襲擊。順帶一提，那個小混混的車上安裝了炸彈。」

「居然是自爆攻擊嗎……」

「即使耍帥自稱殺手，終究只是砲灰吧。」

若宮像是無可奈何般搖頭。

「那麼，什麼都沒查到嗎？」

洗完碗盤的奈穗回到飯廳詢問若宮與鱷塚。

「關於幕後黑手的真實身分，什麼都沒查到。」

「其他的事情有查到什麼嗎？」

這句提問聽起來和自己的問題有著些微差異，奈穗稍微歪過腦袋。

「敵方似乎沒能順利召集人手的樣子。」

「意思是沒能確保殺手……應該說『砲灰』的人數嗎？」

「這次的粗劣計畫，好像是黑道大哥拒絕一次之後被上頭強行交付的。」

若宮的回答令奈穗略顯驚訝。

「黑道可以拒接工作嗎？」

「當然可以吧。那些傢伙也很珍惜生命。」

有希以傻眼語氣插嘴。

「因為那個人是四葉家成員的事實廣為人知了……暗殺『不可侵犯的禁忌』等同於自殺，只要稍微熟悉裏側社會的內幕，應該都不會接這份工作。」

鱷塚繼有希的話語之後仔細說明，奈穗因而理解了。但她的表情各處透露意外感。

不同於有希與鱷塚，奈穗是在四葉家被養育長大。奈穗離開四葉家開始工作至今已經三年，不過被稱為「不可侵犯的禁忌」的四葉一族在「外部」多麼受人畏懼，或許她還沒有實際感受。

「那麼感覺對方很快就會缺彈了。」

有希以輕鬆語氣說。她說的「缺彈」是找不到暗殺要員的意思。換句話說有希認為這個事件很快就會不了了之。

奈穗似乎也有同感，立刻附和回應「說得也是」。但男性們無法像女性們這麼樂觀。

「Nut，黑道不會缺彈喔。說來可惜，他們要補充隨時可以補充。要讓社會沒人抱持不滿，比起根絕貧困還要困難。」

「而且啊，等到沒有黑道幫派願意接工作之後才是重頭戲喔。」

對於若宮像是警告的這段話，有希半笑不笑當成耳邊風，但是鱷塚接下來這段話就令她笑不出來了。

「……黑手黨直屬的殺手會出馬嗎？」

「這不是地頭蛇應付得來的案件，幕後黑手應該也明白這一點。」

「地頭蛇是試探護衛體制的棄子嗎？」

「應該吧。」

有希不屑般說出的話語，鱷塚面不改色點頭回應。

◇◇◇

來到東京兩週了。不用說，亞夜子這次來到東京當然不是第一次，但她是第一次住在東京。生活與觀光、生活與出差果然各方面都不一樣，剛開始經常有小小的困惑。不過同樣在日本，又是造訪過很多次的都市，經過十天之後就大致抓得到感覺。之後只要熟悉地理環境就好。

二〇九九年三月最後的星期日。為了彌補對於地理環境的不熟之處（但這不是唯一理由），亞夜子獨自來到東京市中心。

文彌埋首調查企圖暗殺達也的暗殺者幕後組織，連入學典禮的準備都放在一旁。以亞夜子的立場，要是文彌對於自己要做的準備漠不關心，她在各方面會比較順心如意又方便行事，所以沒要對弟弟現在的狀態發牢騷。

——比方說文彌在入學典禮要穿的衣服之類。

而且她不是完全獨自外出，有黑羽家的護衛隨行。不是那些顯眼的黑衣人，是以適合星期日都會區的打扮融入人群，假裝成陌生人若即若離跟在亞夜子身後。

這名護衛是女性，順帶一提也是亞夜子個人的親信。亞夜子單獨行動的時候也由她一手包辦大小事。亞夜子個人覺得不必悄悄隨行，即使走在身旁也無妨，但是名為伴野涼的這名女性大概是有某些堅持，始終不改「暗中保護」的這個立場。

所以亞夜子現在獨自悠閒享受逛街的樂趣。

如果和深雪與莉娜在一起，旁人的視線無論如何都會被她們吸引，不過亞夜子也是難得一見的美少女，不對，是美女。比魅力的話甚至可能勝過深雪與莉娜。

這樣的年輕美女獨自走在都會的人群中，不可能沒被想要搭訕的年輕人注意。或許應該說理所當然，亞夜子也屢次差點被人搭訕。不過她每次感受到這種視線時，就會搶先消除自己的氣息迴避。

亞夜子就像這樣盡情享受自由的假期。她前往的區域，或許不太算得上是年輕女性適合在星期日度過的場所，不過這也可以說是她個人風格的「自由」吧。

在星期日很少有店鋪營業的行政特區偶然發現一間時尚餐廳吃完飯，隱約懷著賺到的心情再度走到街上的亞夜子，在內心「哎呀？」低語。

（那是……為什麼？）

她的眼睛認出一名好一陣子沒見面，不可能位於這裡的人物。

（應該不是我認錯人吧……怎麼辦？）

要上前搭話？還是就這麼目送他離開？雖然可以說曾經受到這個人的照顧，卻也不是親近的友人。最後一次見面是兩年前，而且見面不到一個小時。交情這麼淺的對象之所以留在亞夜子的記憶，是因為這名人物和她第一次單獨執行的任務密切相關。

第二高中所在的前兵庫縣西宮市，曾經發生鎖定上流階級子女操控精神的事件。以宿舍制的禮儀學校為舞台，將參加者洗腦打造成特務。無國籍犯罪集團的這個陰謀，亞夜子以學生身分潛入學校調查這個事件。

這個地區是十師族二木家的管轄範圍，但是黑羽家——四葉家的目的不是阻止洗腦計畫，是查出犯罪組織真正的幕後關係。

對於亞夜子來說，這不是暖心的記憶。由於實質上是第一次出任務，所以周圍的大人們評價時比較放水，但她自己在各方面處理得很拙劣，也犯下現在的自己看起來簡直無法置信的過錯。

當時過於不夠成熟的亞夜子，有一個人在各方面幫了不少忙，這個人就是當時就讀第二高中二年級的「他」。正義感強烈的他，即使事件和自己無關，也秉持著不求回報的善意，為人生地不熟又不知道如何和當地國高中生社群相處的亞夜子提供助力。那時候的他說將來想成為警察。亞夜子已經知道他實現了這個夢想。

在兩年前和他見面時，是為了取得偷渡入境的寄生物相關情報。在關西國際機場發現STARS雅各．雷谷魯斯以及「七賢人」雷蒙德．克拉克這兩具寄生物的人就是他。他當時是神戶水上警察署的巡查，被派來進行關西國際機場的警備任務。

亞夜子之所以歪頭納悶，是因為應該任職於近畿地方警察單位的他，不知為何來到櫻田門這附近。說到櫻田門都會聯想到警視廳，不過警察省也在旁邊。

如果是有事前來警視廳，大概是單純的出差或是短期支援吧。但如果是去警察省，就很可能是長期外派。

「涼，有聽到嗎？」

亞夜子呼叫護衛的名字。

「是，大小姐。」

只聞其聲不見其人，傳來的這句回應正是如此。這種詭異的感覺已經習以為常，所以亞夜子不在意。

「走在那裡的是名為空澤兆佐的警察，幫我調查他的相關資料。他在兩年前是神戶水上警察署的巡查。」

「大小姐，您要倒追嗎？」

「居然說倒追，妳啊……要是不適可而止，小心我開除妳這個護衛喔。」

對於涼「一如往常」的玩笑話，亞夜子以不耐煩的語氣規勸。

「屬下立刻調查。」

突然回以這個正經八百的聲音。然後涼的氣息遠離，換成另一名護衛的氣息。大概是立刻著手執行亞夜子的命令吧。

要是沒有像那樣動不動就消遣人的壞毛病該有多好……亞夜子在內心嘆了口氣。

【4】入學典禮當天

四月四日，星期六。今天是二〇九九年度魔法大學入學典禮的日子。距離典禮開始時間還有三十分鐘以上，不過從剛才就有身穿西裝的新生以及陪同的家屬接連穿過大學正門。

然而新生不像以前那樣千篇一律都是深色西裝。說到底是沒有新生穿運動衫或牛仔褲前來，不過看得見亮色系的西裝，或是上下不成套，衣褲各自以不同顏色與花紋組合的西裝式穿搭。

以女性新生的狀況來說，連身裙的打扮也不少見。而且不是只有正裝風格的色調、花紋與設計，在不突兀的範圍內使用漂亮配件裝飾的時尚女生也絕對不是異端。

說到黑羽家的雙胞胎，兩人身上都不是傳統的深色西裝，卻也絕對不是什麼奇特的服裝。

亞夜子的服裝是素雅的黑色連身裙，搭配色調略微不同的無釦短上衣。髮型在不久之前從長捲髮換成披肩的層次剪，妝容也配合多下了幾道工夫，襯托為更加成熟的印象。雖然原本就是身披超齡魅力的少女，但現在的亞夜子甚至很適合以妖豔來形容。

就算這麼說，她也沒有濃妝豔抹到不適合入學典禮的程度。服裝與飾品也都有顧慮到時間地點與場合。

從這個意義來說，反倒是文彌的服裝比較可以形容為奇特吧。亮米白色的西裝與相同色系的皮鞋。條紋襯衫加上胭脂紅的寬領帶。領帶夾頂部以大顆的黑曜石點綴。以男學生來說是相當華麗的打扮。或許這一身反倒是女性套裝常見的穿搭。

不只如此，文彌相當用心化妝。和上個世紀不同，化妝的男性已經不稀奇，但是和女性妝容的細緻程度還是不一樣。

那麼，文彌的妝容又如何呢？

是比起中性……更偏向女性的類型。即使如此，看起來也不像是男扮女裝，大概是文彌巧妙發揮均衡美感以及熟練化妝技術的結果。

文彌從國中時代就喬裝成少女「闇」參與黑羽家的工作。雖說是美少年，但他完全是男性，即使容貌偏中性也不是女性，就算個頭比較小也有好好鍛鍊身體。這樣的他為了隱瞞真實身分而不得不扮演少女。因此用來表現女人味的化妝技術，必須比天生的女性還要高超。

文彌以任務培養的這個喬裝技術，使他學會「我這個男生該怎麼做才像是女生」，同時也反過來理解到「做到什麼程度就不會像是女生」。

無須多說，文彌是以男學生的身分就讀魔法大學，所以需要在外表上被認定是男性。另一方面，要是美少年的外表會在魔法大學過於顯眼，這份擔憂也不容忽視。現在這種「乍看是女性，不過仔細看就知道是男性」的服裝與妝容，是用來同時解決這兩個課題。

但是周圍的新生們不知道這種事。尤其在男生眼中，現在的文彌看起來只像是中性打扮的美女學生。

「正如預料，吸引許多熱情的視線耶。」

亞夜子輕聲笑著在文彌耳際低語。

「我覺得他們是在看姊姊妳喔。」

文彌冷淡回應，亞夜子就這麼掛著愉快的笑容回應「那當然」。

「我們被大家認為是什麼樣的關係呢？感情很好的手帕交？還是美女姊妹花？」

「……姊姊妳確實是美人啦。」

「但這種話可以自己說嗎？」文彌沒接著說出這句話。

「文彌你看起來也是美女學生喔……不過出乎意料沒被認出來耶。」

魔法大學的新生，幾乎百分百是第一到第九附設高中的畢業生。去年九校戰活躍的文彌他們肯定有不少人認識。但是目前投向文彌都是「那個美女是誰？」的視線。

「但他們好像認識姊姊。」

雖然沒使用收音的魔法，不過如果是關於自己的傳聞，即使在喧囂之中也意外聽得到。這是在心理學稱為「雞尾酒會效應」的現象。

「總之實驗應該算是成功了。因為即使是肯定認得出你長相的男生們都看到入迷。」

在去年九校戰和文彌交戰的男性新生露出熱情的表情，亞夜子斜眼看著他，像是滿意般微微點頭。

◇◇◇

入學典禮結束走出講堂，發現氣氛是緊繃的。感覺一般來說應該相反，但是比典禮進行時的講堂內部更具有緊張感。

表情僵硬的與其說是學生，應該說是陪同的家長們。他們都處於「假裝視而不見卻無法移開視線」的狀態。

這股緊繃氣氛的焦點是達也。他朝著文彌他們舉手走過來。

但是在這個時候，兩人已經跑向達也。

「亞夜子、文彌，重新恭喜你們入學。」

姊弟倆跑過來之後，達也送上賀詞。

「謝謝！」「謝謝。」

文彌聲音愉快，亞夜子以沉穩動作鞠躬致意。

「達也先生，只有您一個人嗎？」

接著亞夜子疑惑發問。

「為了避免引起混亂，我讓深雪與莉娜在停車場的車上等。」

「啊啊，原來如此……」

亞夜子深深接受了。在魔法界人士雲集的這種場合，要是那兩人以「真實面貌」登場，肯定會引發和達也不同而且更嚴重的混亂。

達也的影響力會吸引其他多數人的注意力，拉開物理距離。魔法界的人難免都會意識到他，但是只要沒有明確的目標意識就會畏懼而遠離。然而以深雪與莉娜的狀況，強大的引力會作用在意識與身體，彷彿是巨大的恆星。無論是深雪或莉娜都是如此，要是兩人一起出現，不適應的人將會被名為魅力的熱量燒灼，也可能在名為美麗的重力作用之下，像是被洛希極限吸引的天體般毀壞。

開車來學校參加入學典禮，魔法大學原則上不允許。但是對於「深雪與莉娜在車上等」這句話，亞夜子與文彌都沒抱持疑問。

大學允許使用停車場，無疑是一種特別待遇。不過在性質上與其說是給十師族四葉家的特別待遇，應該說是避免混亂的預防措施，這種事無須多做說明。

達也說「跟我來吧」，姊弟倆毫不猶豫乖乖回答「是」。他們兩人知道家人沒來入學典禮。黑羽家是四葉一族的諜報部門，不喜歡人多眼雜的場所。沒人認為光是被看見身影就會洩漏真實身分，如此缺乏自信的膽小鬼在黑羽家不存在。但是躲進暗處活在黑暗中的人們基於習慣，能夠避免的風險都會徹底避免，這是黑羽家的作風。至少兩人的父親黑羽貢忠於這個方針。

達也代替姊弟倆不能曝光的家人，為了兩人而設席慶祝入學。他預定親自開車載兩人前往餐廳所在的飯店。

穿過自然分開的人牆，達也、亞夜子與文彌三人走向魔法大學的停車場。途中，文彌以自然的動作將臉湊到達也耳邊。

「達也先生，您有察覺嗎？可疑人物好像出現了。」

「有三組吧。」

達也回答盯上他的小組數量，附和文彌的問題。

人數和文彌感應到的視線一致。自己的猜測沒錯，文彌在內心稍微鬆了口氣。

「一組是公安，一組是陸軍情報部。他們是經常看見的面孔。另一組是……外國諜報員吧。好像是南歐血統的傢伙，但我沒印象。」

然而聽到達也接下來這段話，文彌放鬆的意識竄過一陣緊張。鎖定達也派出暗殺者的組織，文彌知道是義大利與新蘇聯犯罪組織的聯盟。

「您說南歐血統，是義大利人嗎？」

「或許吧。」

達也使用「精靈之眼」可以立刻查出真實身分。但是文彌沒這麼要求。為這種程度的小事害得達也費心，對於文彌來說是不可能的事。

「請讓我去抓他們。」

「沒有實際的危害，所以省省吧。何況公安與情報部應該也是早就知道卻放任他們行動。不需要無謂刺激他們。」

達也的語氣沒有特別加重。

但是文彌覺得被達也責備而受到不小的打擊，雙胞胎姊姊亞夜子清楚看在眼裡。

◇　◇　◇

加入深雪與莉娜的餐會席上，文彌表現得開朗又平易近人。比方說會和莉娜拌嘴消遣，乍看之下非常放鬆。

但是回到公寓洗澡卸妝之後，文彌的表情籠罩陰影。

「文彌，我覺得過於在意也不太好喔。」

即使覺得可能會造成反效果，亞夜子也不得不這麼說。因為她理解弟弟的心情。達也向文彌說的「過度警戒會無謂刺激對方」這句警告也刺入亞夜子的心。

即使察覺被監視，如果被監視的那一方發現就是敗筆。對方可能會逃走或是改為強硬態度，無論如何都沒有好處。但亞夜子認為應該把教訓當成教訓好好接受，並且注意不能被影響心情。

「不，這是必須在意的事。」

不過文彌的想法似乎不同。有件事滿意外的，就是在文彌身上看不到消沉的模樣。他的聲音傳達出堅定的意志。

「我不知道姊姊怎麼樣，但我來到東京之後好像太浮躁了。」

「……為什麼這麼認為？」

「達也先生給的那個指摘，我不必聽他說也肯定知道。實際上如果是來東京前的我，在那個狀況應該不會說要抓住那些只觀察我們，連真實身分都不明的對手。」

文彌說得像是反省，以透露自信的語氣回顧自己的言行。亞夜子心想「不是這樣」改變自己的推測。與其說是有自信，感覺文彌更像是看開——將某些想法拋到腦後。

「分工合作吧。大學生活就交給姊姊了。」

「咦，怎麼回事？」

對於亞夜子來說，文彌的提案非常唐突。

「考慮到人工情報的需求，我認為不能忽略大學的人脈。」

「呃，嗯，是的。」

人工情報是以人類為情報來源的諜報活動。不只是詢問或色誘之類的主動型諜報行動，即使是經由熟人或朋友收集傳聞的被動型活動，也不會在事前知道什麼情報將在哪裡派上用場。若要收集魔法師社會的情報，魔法師的人脈當然愈多愈好。

「某些人際網路必須是男性才能參加，所以應該不能完全無視於大學，但是除此之外我想要專心待在『幕後』。」

文彌在這裡說的「幕後」不是在舞台後面負責布景或道具的工作人員。也不是沒站到台前，暗中實質推動事物運作的實際掌權者。

在幕後工作——換句話說就是負責裏側社會的活動。

「……我覺得這不是好方法。」

雖然不是堅定的語氣，但亞夜子對文彌的提案提出疑問。

「我知道姊姊想說什麼。」

文彌沒讓亞夜子說完反駁的話語。

「姊姊的魔法比較適合隱密行動，我也理解這一點。」

姊姊的反駁在文彌預料之中。

「直接行動的時候，我當然也會依賴姊姊喔。」

「換句話說……在調派部下的階段，你想要獨力負責是吧？」

「我想專心盡到黑羽家的職責，而且想要更加琢磨自己。」

文彌從正面注視亞夜子的眼睛。他的眼中隱含非同小可的決心。

先移開視線的是亞夜子。她低頭之後輕聲嘆氣。

「……我知道了。但我有一個條件。」

亞夜子語氣突然變得鄭重，文彌以浮現戒心的表情提高警覺。

「——什麼樣的條件？」

然後弟弟向姊姊詢問條件。

「要好好去大學上課。畢竟我們還有很多要學習的東西，而且……」

「……而且？」

「要是你不再去大學上課，達也先生會擔心吧？」

文彌表情僵住，就像中了一根冷箭。

「這……可不行耶。」

「沒錯，不行。」

「知道了啦。我會好好去大學上課。」

文彌很乾脆地舉白旗投降。

亞夜子一臉理所當然，絲毫沒露出笑容。

◇◇◇

有希、若宮、鱷塚、奈穗這四人組今天也聚集在有希的公寓。順帶一提，這個四人團隊的隊長是有希。她當然很抗拒，但是另外三人以「妳和文彌的交情最好」這個理由強迫她接受。他們四人也隨之被稱為「TEAM NUT」。

不過雖說組成團隊，卻也沒有頻繁聚集在一起。討論工作也大多線上進行，到工作現場才碰面的模式比較多。這次的工作是例外。

有希、若宮、鱷塚三人圍坐在餐桌旁邊，奈穗端茶給他們。有希等奈穗坐下之後開口。

「所以，狀況怎麼樣？」

「魔法大學那邊果然應該無視。」

對於這個問題，鱷塚以不激動也不失望的平淡語氣回答。

「周圍有公安走來走去。即使沒進入校內，光是接近感覺就會惹麻煩。」

接著這麼說的若宮有些無精打采。

有希不是以同情眼神，是以誇耀勝利的眼神看向這樣的若宮。背後原因在於昨晚若宮主張「入學典禮有許多外來訪客，所以或許刺客會混入其中」，有希則是反駁「不可能會來吧」。有希也沒有確切的證據。但她確信魔法大學入學典禮這種魔法師雲集的狀況下，沒有同行會斷然進行暗殺計畫。

若宮自己也是魔法師，不清楚有希對魔法師抱持的避諱感。當時即使聆聽她的主張也沒有更改方針。

「要應對的狀況減少，這不是好事嗎？」

奈穗說出不知道是認真還是安慰的話語，話題改為明天之後的排程。

◇　◇　◇

從近畿地方警察單位外派到警察省廣域搜查小組就任的空澤巡查部長，被分發到外國人組織犯罪搜查班。外派前參與的恐攻對策和外國人組織犯罪搜查有共通之處，卻也有很多不同之處。目前依然是聽命行事手忙腳亂的狀態。現在已經是日落之後的時間，空澤卻直到剛剛，才終於回到搜查班的刑事室。

不同於處理管區事件的地方警察，廣域搜查小組被賦予自行選擇搜查對象的權限。空澤被分發到的搜查班，正在調查最近偷渡入境人數驟增的俄羅斯黑手黨動向。

今天是陪同前輩刑警走訪轄區的警察署。各地的搜查情報被警察省的伺服器抽取，廣域搜查小組可以閱覽。但是某些東西無法只從資料讀取，所以只要發現重要的情報就去找負責的警察問話。雖然對方當然會敬而遠之，不過巧妙請求協助是警察省執行部隊的必備技能。

並不是高考組的警界官僚拿地位強迫對方服從。空澤陪同的前輩刑警階級也是警部補，要請同等階級又是競爭關係的地方刑警提供協助並不容易。

空澤是武鬥派。強大的戰鬥力與機動力是他的特長，口才原本就不是強項。唯一的例外就是可以活用工整的外表向中年女性打聽情報。

他不是現代魔法師所常有，隱約有種人工印象的紳士，是感覺到男性危險魅力的英俊男性。氣質令人聯想到一百多年前流行的時代劇演員。而且不是飾演武士的正統小生，是在黑道、浪客或捕吏這種題材的連續劇主演的類型。由於不是現代風格，所以不受年輕女性歡迎，實際上在第二高中就完全沒女人緣。相對的，他從以前就受到嚮往玩火的已婚女性青睞。

目前對他來說，這一點與其說是武器更像是煩惱源頭。打聽情報的時候經常被勾引出軌。不只是登門訪問，在前往對方職場打聽情報的時候也會被拋媚眼。

這個特性在這次也沒有上場機會。訪問的轄區警署也有女性刑警，但她們終究不會做出閒暇貴婦的行為。對於自己幾乎派不上用場，空澤略感消沉，著手製作要交給班長的報告書。

◇　◇　◇

亞夜子與文彌工作時會使用許多部下，但是沒有家事幫傭隨侍。從高中時代開始，以準備餐點為首的身邊大小事都是自己做。今晚兩人也是合力準備「三人份」的餐點。

門鈴像是抓準時機般響起。

映在螢幕上的是姊弟倆的父親──黑羽貢。

貢沒參加入學典禮，卻不是疏於照顧亞夜子他們，反而疼愛到近乎溺愛的程度。姊弟倆對於貢也是懷抱親情與尊敬。黑羽家的親子關係只會在牽扯到達也的時候失和。

彼此都明白這一點，所以文彌、亞夜子與貢都從兩年前的秋天──達也成為現代魔王的那年夏天之後，避免提到達也的話題。

但是說來遺憾，今晚無法這麼做。入學典禮之後受邀用餐的這件事不得不說，關於用餐過程察覺的當局監視，也必須報告給身為黑羽家當家的貢。

「──這邊也會確認當局的動向。如同達也所說，文彌你們不要出手。」

貢不愧是老江湖的魔法諜報員，說出達也名字的時候不會表現情感起伏。

「知道了，爸爸。」

文彌也沒表現出毫無意義的抵抗。

「父親大人，企圖狙殺達也先生的那些人，維持現在的處置方式沒問題嗎？」

關於今後的方針，亞夜子代替文彌徵求許可。

「這件事交給你們處理。東京的人員給你們自由使用。」

一反預料，對於企圖暗殺達也的勢力，貢無條件許可兩人反擊。亞夜子原本以為會附上某些條件，但是貢不只許可姊弟倆自由行動，關於部下的使用也完全不限制。

對於企圖危害四葉一族的人要以破滅報復。這是三十多年前延續至今，一族的基本方針。即使對方的目標是達也，貢也無法視為例外。西元二〇六二年襲擊四葉家的悲劇，在一族留下的爪痕就是這麼深。

但是貢沒說要親自處理。從這裡就窺視得到他對達也抱持的扭曲心態。

【5】警察與暗殺者

入學典禮的隔天是星期日。魔法大學也有為新生準備指南課程，預定在明天進行。選修科目或是準備所需教材是之後的事。需要進行瑣碎準備的入學典禮也已經在昨天結束，對於亞夜子與文彌來說，今天是來到東京最自由又毫無行程的一天。

吃完早餐之後，在自己房間悠哉思考「今天要做什麼呢」的亞夜子，聽到敲門聲起身。

「文彌？」

這個家只有她和文彌兩人居住，不過也可能有黑羽的家臣前來傳達事項。

「姊姊，出門吧。」

為求謹慎發問確認的亞夜子這句話，被預料之內的人物聲音進行預料之外的回應。

「我不在意，不過怎麼這麼突然？」

亞夜子說著打開房門。

文彌已經打扮完畢準備外出。

「達也先生說要和深雪小姐出門。」

「哎呀，達也先生也難得休假嗎？」

亞夜子正如自己所說覺得很稀奇，卻不認為這是什麼奇怪的事。達也這個月過完生日是二十歲，深雪幾天前過完生日剛滿十九歲。兩人都正值年輕，在假日出門沒什麼不自然的。

「我們跟著一起去吧。」

對於亞夜子的溫吞態度，文彌沒有表現出不耐煩的樣子，就只是制式語氣告知接下來的行動方針。

「文彌，你認真？」

出現情緒化反應的反倒是亞夜子。

「居然介入訂婚兩人的約會……就算不會遭天譴也應該有所顧慮吧？」

亞夜子露出傻眼表情，朝文彌投以輕蔑的眼神。

「我沒說要跟著約會吧！」

對於特殊癖好的男性來說，這雙視線可能是一種獎勵，不過沒這種嗜好的文彌則以粗魯聲音回嘴。

「只是監視有沒有出現企圖暗殺達也先生的傢伙啦！已經徵得達也先生的許可了。」

「偷看？我覺得這種嗜好更惡質喔。」

亞夜子故意假裝目瞪口呆。

「這，是，工，作！」

文彌板著臉逐字加重音反駁。

「我是開玩笑的。」

「就算是開玩笑也太惡質了。」

文彌投以責備的視線，亞夜子裝作沒看見。

「達也先生是打算親自當誘餌嗎？」

「怎麼可能。只有達也先生一個人就算了，深雪小姐明明也一起啊？」

「說得也是……」

亞夜子在這一點也有同感。

她以視線詢問弟弟「所以是什麼原委？」這個問題。

「是兵庫先生告訴我的。」

即使剛才被亞夜子逞口舌之快（？），文彌依然不吝回答。

「聽說兵庫先生要開車載達也先生他們去賞花。他不希望兩位受到干擾，所以請我們解決可疑的傢伙。」

「達也先生有答應吧？」

亞夜子謹慎發問確認，文彌露出「沒想到會被懷疑」的表情點頭。

「可是，賞花的時期不是早就過了嗎？」

接受文彌這個回答的亞夜子，對於另一件事感到納悶。

「應該是因為染井吉野櫻盛開的時期，達也先生他們很難以『真面目』享受賞櫻樂趣吧？」

「說得也是。」

亞夜子可以接受文彌的意見。

「何況也不必堅持染井吉野櫻吧。」

而且她也得以自我反省，不能囚禁於「賞花＝染井吉野櫻」的刻板觀念。

「所以，達也先生他們要去哪裡？要出遠門嗎？」

「不，就在附近喔。市內的植物公園。」

「啊啊，原來是那裡。用走的也能到吧？」

「深雪小姐在星期天正常走這段路，應該會引起大騷動喔。」

「太美麗真不方便。幸好我只有恰到好處的程度。」

亞夜子隨口低語。看不出特別鬧彆扭的樣子。

對於自言自語的姊姊，文彌投以「妳說這什麼話」的傻眼眼神。套用世間的正常標準，亞夜子足以列入「太美麗」的類型。雖然有程度上的差距，不過她只要正常（沒消除氣息）走在大街上，肯定會引來人群聚集。

「——他們有司機，所以不必刻意用走的。」

文彌沒提及亞夜子的自言自語，語氣也不是傻眼的聲音。

「我們也開車跟隨吧。我有叫黑川準備自動車。」

「只有一輛？」

「車子兩輛，也有吩咐準備六輛機車。因為車子一多就不好找停車場了。」
「無人機呢？」
「這部分也安排好了。」
亞夜子露出「做得很好」的表情點頭。
「我立刻準備，給我五分鐘。」
「不用這麼趕沒關係的。十分鐘後出發吧。」
文彌說完轉身背對亞夜子。
亞夜子發出小小的聲音關門。

◇ ◇ ◇

達也與深雪前往的植物公園，玫瑰花比櫻花有名，不過也以賞花景點廣為人知。加上今天是星期日，公園裡的人口密度很高。
但還是正如文彌的預料，遊客比盛開的時期少。沒發生因為人潮而看不見達也與深雪身影的狀態。
公園裡也有制服警員的身影。高科技型的犯罪有增無減，扒手或竊賊這種傳統型犯罪也沒有消失。每年這個季節的知名賞櫻景點，對他們來說是偷錢的好地方。

「果然受到注目耶……」

消除氣息保持距離跟蹤達也的亞夜子，透過通訊機以不耐煩的語氣向文彌呢喃。朝向深雪的視線都很「可疑」，她抱怨要查出暗殺者的視線恐怕會很辛苦。

『這是沒辦法的。這不是早就知道的事嗎？』

文彌的回應可以解釋為安慰或規勸。

「話是這麼說沒錯啦。我可以理解男性會被深雪小姐吸引目光，也預料到其中會有抱持非分之想的大膽傢伙。可是……」

亞夜子像是按捺不住般插入一聲嘆息。

「反倒是女性深情注視的眼神比較多，這是怎麼回事？不會很奇怪嗎？」

『正常男性大概覺得連妄想都是一種冒犯吧……以深雪小姐的狀況也可能發生這種事。』

「這個時代的男人真沒種……」

亞夜子輕聲說出從一百年前使用到現在的老套感想。

◇　◇　◇

雖然不是來自文彌的命令，但有希他們團隊也來到同一座植物公園。有希和奈穗一起，若宮單獨行動，和文彌他們一樣假裝成賞花遊客，定睛注意是否有人影向達也釋放殺意。

如果只是這樣，單純和黑羽家增派人手沒什麼兩樣。
不過即使做的事情相似，心態卻不同。
文彌與亞夜子做出像是偷窺的這種行為，是為了「以防萬一」。
反觀有希抱持「會來」的確信。有希並沒有掌握到文彌不知道的情報。她的根據是同樣身為暗殺者的經驗與嗅覺。她認為「如果是以前的我就會在這裡下手」。
依照有希的感覺，差不多在這時候出現正規的殺手也不奇怪。而且像是昔日的她一樣認為達也只是「普通棘手的目標」的暗殺者，會把這座植物公園視為絕佳的下手地點。
抱持「可能會有」的心態搜尋，或是抱持「肯定會有」的心態搜尋。
有希之所以能夠先發現殺手，就是這個差異使然吧。
（那傢伙是怎樣……不太妙啊。）
直到發現都沒問題，但對方不是泛泛之輩。究竟擁有何種技術？有多少實力？光是遠遠觀察無從得知。不過對方很強，而且暗藏非比尋常的能力，只有這個事實是一目瞭然。
這傢伙是「主力部隊」。有希有這種感覺。不是為了偵察而唆使找碴的地痞流氓。外表和日本人無法區別，但有希直覺對方肯定是偷渡入境的黑手黨殺手。
（要是在這種地方正面開打，會殃及民眾造成慘案啊……）
（到時候警察也不會悶不吭聲吧。）
（雖然完全不在乎警察因而認真對付黑手黨，不過感覺也會牽連到我們。）

要是變成這種狀況，實在負不起這個責任。

——這我應付不來。

——至少必須請上頭決定方針才能行動。

「——文彌，我發現可疑人物了。我該怎麼做？」

如此心想的有希打電話給文彌請求判斷。

為了將責任推卸給文彌而委由他判斷。

奈穗在一旁疑惑注視著難掩焦慮神情的有希。

◇ ◇ ◇

「……這邊也確認看看，在我指示之前按兵不動。」

『知道了，我繼續監視。』

和有希通話完畢的文彌，立刻呼叫亞夜子。

「姊姊，有希好像發現殺手了。我想討論作戰，可以過來這裡嗎？」

收到亞夜子允諾的回應，文彌暫時讓通訊機回到待機狀態。

文彌位於和櫻花種植區域有一段距離的露台。這一區種植的花朵還沒進入花季，連花苞都沒長出來，所以來的人比較少。文彌他們預先將達也與深雪可能會來的這裡定為會合場所。

亞夜子通訊結束不到五分鐘就和文彌會合了。從櫻花園來到這裡，正常走路的話是十分鐘的距離，不過她似乎巧妙鑽出人群。

「你說發現可疑人物？」

一坐在文彌旁邊，亞夜子就省略開場白直接問。仔細看會發現她掛著壓抑不滿的表情。不，她感覺到的不是不滿，是洩氣。她無法接受有希先找到可疑人物的事實。

「沒錯。我本來想叫她偷拍，但是對方立刻做出察覺的反應所以中止這麼做。正如有希所說不是泛泛之輩。」

「但你有下令監視吧？」

「除了有希他們，我也有叫黑川監視。我想和妳一起直接確認，覺得有勝算就抓住對方。」

聽到文彌的計畫，亞夜子「唔～～……」地簡短思考。

「如果看起來不好應付怎麼辦？」

「收拾掉。這種狀況更不能扔著不管。」

「但是有這麼多人在看啊？」

「我打算使用『毒蜂』。」

「毒蜂」是文彌他們姊弟倆的父親黑羽貢發明的暗殺用精神干涉系魔法。中了這個術式的人認知到的痛楚，會無限增幅到當事人死亡。正如文字所述，能以針尖戳破的小小傷口奪取性命。

這個魔法的犧牲者不會留下致命傷的痕跡、內臟的損傷或是毒物反應。不可能從屍體查出死因，即使驗屍也只會得出「心臟病突然發作致死」的結論吧。

而且發動程序已經制式化，這在精神干涉系魔法相當罕見，黑羽家的暗殺部隊將「毒蜂」當成其中一張王牌來使用。

雖說已經制式化，卻還是需要精神干涉系魔法的天分，所以亞夜子無法使用「毒蜂」。但是以「直結痛楚」這個罕見的精神干涉系魔法做為拿手絕活的文彌，比正宗發明者的父親更能隨心所欲地使用「毒蜂」。

「不行喔，文彌。糾纏達也先生的不只是暗殺者。魔法的行使應該會被嚴格監視。」

「我的使用方式不會草率到被機械偵測喔。」

文彌主張自己行使魔法的技術沒有生疏到會被機械類型的感應器捕捉。

「情報部與公安也有擅長感應系魔法的魔法師喔。」

但是亞夜子認為不應該冒這個無謂的風險而再度阻止他。

「不然姊姊認為該怎麼做？總不可能要我扔著不管吧？」

要是將狙擊達也的殺手扔著不管，最後達也將會收拾那名殺手吧。文彌無法容許這種展開。

「我不打算勞煩達也先生動手。」

亞夜子也有這個想法。

「我想想……如果可以利用當局，就是最好的做法。」

「意思是要讓殺手和情報部互咬？」

看向亞夜子雙眼的文彌眼神，隱約看得出「當局的情報員完全不會干涉任務以外的事吧？」這個疑惑。

「並不是要依賴情報部或內情喔。」

「情報部」是國防陸軍情報部，「內情」是內閣府情報管理局。兩者的主要目標都是外國特務或是反政府激進派，對於犯罪者漠不關心。

「公安也差不多吧？」

「公安」——警察省公安廳認為自己負責的是恐攻分子對策。外國人的犯罪要是沒有達到影響維安的等級，公安不會出動。

「雖然比不上盛開時期卻還是這麼多人。就算沒有公安也肯定有警察過來。」

「應該會來沒錯啦……但他們應付得了嗎？」

不只是有希的感覺，從對方立刻察覺偷拍來看，問題所在的殺手不是泛泛之輩。文彌不認為被派來賞花景點戒備的普通警察有能力壓制。

「我覺得轄區警局也有人做得到喔。公園裡的警察已經確認過了吧？可以給我看影像嗎？」

分派給黑羽家的任務幾乎都會觸犯某些法令。確認警察的配置是黑羽家工作時的例行習慣。今天不是一如往常的諜報任務，不過黑羽家的部下有掌握到周邊警察的位置情報與影像資料。

公園裡的警察人數，連一隻手的手指都用不完。表面上沒有發生事件也沒有類似徵兆，所以人數少是理所當然的。

以一覽畫面顯示偷拍照片的亞夜子，立刻發出「哎呀？」的聲音。

「姊姊，怎麼了？」

「文彌，有一位應該可以利用喔。」

「熟人嗎？」

聽到文彌這麼問，亞夜子將一張照片切換回正常顯示。

「我看看……」

大致瀏覽的時候沒察覺，不過文彌也對這張臉有印象。只可惜沒能立刻想起對方是誰。魔法師的記性大多優秀，文彌也不例外，不過這份記性也有極限。

「你只在兩年前稍微見過幾次，所以或許想不起來吧。」

「啊啊，空澤巡查嗎？」

但是藉由亞夜子的提示，文彌得出正確答案。

「聽說現在是巡查部長。」

不過說來當然，這份記憶沒有更新。

「姊姊，妳最近見過他？」

「在櫻田門附近偶然看見的。他是有能力的人，所以我叫涼調查他的近況。」

文彌對這段話不抱疑問。空澤在亞夜子實質上的第一個任務提供協助，對於任務的達成有所貢獻。文彌聽亞夜子說過這件事，也看過父親貢派人調查佐證的結果。此外在兩年前，寄生物從美國入侵的時候，雖然結果被寄生物逃走，空澤的應對卻很亮眼。從這些事實來看，亞夜子所說「他是有能力的人所以派親信調查」的這個主張十足具有說服力。

「看來確實可以利用。不過具體來說要怎麼做？」

「只要通報狀況請他逮捕就好吧？」

「就這樣……？」

「作戰並不是複雜一點比較好。如果可以簡單完成，這麼做肯定比較好。重點不是計畫的漂亮程度，是要預先設計成避免發生失誤，對於可預期的失誤也能進行適當的應對。」

「Fool proof以及fail safe是吧。也可以說是把應變計畫設計到主計畫裡。這種程度的事我知道的。」

「真討厭。雖說已經成為大學生，但是動不動就想說英文，看起來反而很輕浮喔。」

「好啦好啦。我想問的是防範意外狀況的這個部分。」

文彌以眼神訴說著：「真是的，動不動就裝出姊姊的架子……」

承受這雙視線的亞夜子，同樣以眼神無言地訴說：「就憑你文彌還這麼囂張……」

……兩人立刻停止這種無意義的互瞪。

「可以幫我防範對方逃亡嗎？」

「對方大鬧的時候不必出手幫忙嗎？」

「看狀況而定。要是成為可能有民眾受害的狀況，就算出手也不會有人抱怨吧。」

「也就是不積極出手吧。收到。」

文彌說完從露台附設的長椅起身。

「我去和黑川他們一起包圍，也會叫有希協助。刑警那邊就拜託妳了。」

「嗯，交給我吧。」

亞夜子隨後起身，如此回應之後和文彌分頭行動。

◇　◇　◇

「空澤先生？」

突然被人從背後叫名字，空澤不由得轉身並且提高警覺。

轉身一看，眼前是吃驚繃緊表情的美女。大概是被空澤提高警覺的反應嚇到吧。但她立刻放鬆表情微笑。

外表充滿魅力，但是仔細看會發現還很年輕。看起來是稱為美少女也不突兀的年紀。

「……是空澤先生吧？好久不見。」

「是黑羽小姐……嗎？」

空澤語氣沒什麼自信，不過他知道對方是誰，也清楚記得是隔了多久的重逢。

相隔兩年沒見面，正式的重逢則是睽違五年。即使如此，這份確信也屹立不搖。她對於空澤來說是忘不了的女性。

話是這麼說，卻也不是分手的戀人或是互許終身的關係。和她共有的體驗在空澤內心刻下強烈的印象。

「是的。不過請和以前一樣叫我亞夜子吧。」

「好久不見。黑羽小姐……亞夜子小姐也來東京了啊。」

「是的。從今年開始是魔法大學的學生。」

「這麼說來，原來您已經是這個年齡了。」

「空澤先生是出差嗎？」

「不，是外派到警察省。」

「哇！是榮升對吧。現在是巡查部長嗎？還是已經成為警部補了？」

空澤現在的階級已經調查完畢。

但是以閃亮眼神詢問的亞夜子笑容，完全沒有假惺惺的感覺。

「是巡查部長。」

「看來您順利榮升了，恭喜……還有，方便的話，可以像以前那樣對我說話嗎？聽到空澤先生說話這麼客氣，該怎麼說，我會覺得有點距離。」

「如果亞夜子小姐和以前那樣輕鬆交談，本官也會這麼做。」

「但我覺得自己從以前就是這種說話方式……」

「啊啊……您說的沒錯。更正，說得也是。」

空澤有所誤解而害臊搔了搔腦袋。

——這麼說來，她五年前的遣辭用句也是這麼老成。

空澤和亞夜子初次見面，是在高中二年級的暑假。她當時還是國中生。

亞夜子為了進行潛入調查，參加了良家子女聚集的宿舍制暑期學校。

當時就讀第二高中的空澤因為一件小事而認識亞夜子，在帶領人生地不熟的她認識環境的過程中，被捲入亞夜子正在調查的事件。

不，或許應該說是積極主動參與比較正確。當時的空澤是青澀正義感的俘虜。他自己都這麼認為，所以相當嚴重——不過在別人眼中，現在的他一樣是正義漢子，這一點沒什麼變。

空澤和亞夜子的交流，除了兩年前極為短暫的那場重逢，只有五年前不滿一個月的時光。

然而那是密度很高的每一天。

還是高中生的空澤和國中生亞夜子，聯手對抗國際犯罪結社。

對於亞夜子來說，這是實質上的第一個任務，對於空澤來說無疑是首次實戰。在彼此內心留下強烈印象，基於某種意義來說是自然而然的演變。兩人之間建立了無關時間長短的戰友情誼。

「所以有啥事？找我搭話該不會只是念舊吧？」

空澤的遣辭用句完全回到五年前的高中時代。

「向空澤先生搭話是因為念舊喔。」

「除此之外還有什麼原因嗎？」

亞夜子說得暗藏玄機，空澤沒有聽漏。

「有可疑人物混入賞花的遊客中。恐怕是殺手之類的。」

空澤臉色變了。如果這是「普通」女大學生的話語，即使沒當成耳邊風也只會相信一半吧。但是空澤知道亞夜子是何許人也。知道她是四葉一族的分家——黑羽家當家的女兒。這樣的她提出警告。空澤不可能不認真接受。

「……難道和你們的工作有關？」

「是湊巧發現的。我今天是暗中陪同下任當家大人前來，在順便欣賞櫻花的時候，發現了可疑人物。」

「妳說的下任當家，是四葉家的……？」

空澤是第二高中的畢業生，出身於祖先代代傳承古式魔法「忍術」的家系，卻和以十師族為中心的魔法師社會保持距離。不過因為工作經常要對付魔法師罪犯，所以沒有疏於收集情報。即使不熟悉魔法師社會的內情，在兩年前那個重大事件成為焦點的四葉家下任當家及其未婚夫的事情，他也不可能不知道。

亞夜子嫣然一笑，承認空澤的說法。

「我正在讓弟弟監視那名男性。對方應該持有凶器，可以請您確認一下嗎？即使還沒發現證據，我想您依然可以執行公務臨檢。」

「……知道了。」

空澤猶豫的時間只有短短數秒。

「不過我想親眼確認對方行為是否可疑，所以方便請妳帶路嗎？」

「好的，這沒問題。」

亞夜子轉身背對空澤，以輕快腳步開始帶領他前進。

◇◇◇

（原來如此……難怪有希會畏縮。）

親眼確認殺手之後，文彌不由得在心中發出理解的呢喃。

這名殺手確實不是泛泛之輩。文彌使用的魔法是朝對方精神直接給予肉體上的痛楚。要是換個說法，也可以說是駭入精神所認知的肉體情報，進行不當改寫的一種魔法。

在精熟這個魔法的過程中，文彌發展了讀取他人肉體情報的技能。這份知覺告訴他——這名男性不是普通的人類。

常人不可能擁有的身體能力與肉體強度。這不是自然而然獲得的。不同於天生的素質或是經由訓練的能力提升，有另外加工的痕跡。

不是基於「與生俱來」的基因改造。

也沒有肉體埋入某種元件的雜訊。

（強化人嗎……）

文彌判斷應該是生化學方面的強化。

（雖然不是懷疑姊姊的判斷……不過連二十八家都不是的刑警能夠應付嗎？）

文彌認為應該辦不到。

依照他的感覺，要是被對方接近到近戰距離，連十師族都會陷入苦戰。不，即使是十師族，如果是不習慣戰鬥的魔法師也可能敗下陣來。雖然文彌自認不會，卻無法否定可能引起必要以上的騷動。

「——Call，Nut。」

文彌開啟就這麼戴在耳朵維持待機狀態的通訊機，以語音指令選擇通話對象。

「有希，這裡是文彌。」

『聽到了。決定步驟了嗎？』

立刻傳來回應。有希那邊也一直在等文彌的指令吧。

「會請刑警過去臨檢。你們的職責是阻止逃亡。」

『意思是如果對方可能逃走，就要盡全力牽制嗎？』

「如果刑警沒被對方擺脫，就只負責牽制。如果被擺脫就追蹤並且逮捕——以最壞的狀況來說，就算殺掉也無妨。」

『公園內外以及周邊都是善良百姓，被看見也沒關係嗎？』

剛才一看見殺手就浮現在腦海的擔憂，有希換個說法開口詢問。

「我也會追，在四下無人的地方壓制他。」

如果不想被看見，那麼在沒人的地方動手就好——文彌的回答很單純。

『今天是星期日耶。找得到這麼順心如意的場所嗎？』

「場所由我來『打造』，所以不必擔心。」

『不是尋找，是打造嗎？黑羽家的魔法真是便利。我好羨慕。』

「要發牢騷等我有空再聽妳說吧。」

『不需要啦……所以我們要負責哪裡？』

「請你們暫時先監視東側的停車場那裡。」

『收到。說完了嗎？』

文彌回應「啊啊」的下一剎那，通訊從對方那裡切斷。

這種態度要說失禮確實失禮，文彌卻沒有特別感到不滿或煩躁。他向有希這個團隊要求的不是禮儀。

◇◇◇

「我找找……太好了，還沒引發騷動。就是那個人。」

帶領空澤前來的亞夜子，暗中伸手指向殺手。

「空澤先生？」

亞夜子轉過身去，看著空澤的臉孔發出疑惑聲音。

空澤的表情緊繃。

「……他確實不是普通人。」

空澤像是和亞夜子互換位置般向前。他說出「退後」的同時舉起單手擋在亞夜子前方，指示她留在這個位置，自己則是快步鑽過眾多的賞花遊客之間，一轉眼就站在殺手前方。

殺手臉上掠過一絲驚訝。是直到前一刻都沒察覺到空澤而感到困惑的表情。

鑽過賞花遊客群的空澤，將氣息和周圍的凡人同化。這是他家傳承至今的技能之一。在森林是和樹木同化，在平原是和風同化，在村里是和當地的居民同化。

這個技術沒有特別命名。因為這是「隱密」的基本技能。

空澤家自稱是服侍真田家被譽為「忍者名人」的唐澤玄蕃後代子孫，但是真相不得而知。順帶一提，空澤刑警自己認為比較可能是把名人視為祖先抬高家系的身價。不過他家是傳承忍術的古式魔法師家系，這是千真萬確的事實。空澤也是由父母傳授忍術。

古式魔法的忍術大多是操縱幻覺的類型。

但空澤繼承的忍術以「跳躍」或「消重」為代表，主要是干涉自己身上作用的慣性或重力。和不使用魔法的「肉體派」忍術併用，藉以做出超越人類極限的動作，這是空澤家擅長的領域。基於這個性質，空澤不只是「忍術使」的魔法，也習得「忍者」的體術。這就是他為什麼能夠沒被發現就站在殺手面前。

「我是警察。方便借點時間嗎？」

不過如果要臨檢，就必須讓對方知道自己是警察。空澤確實出示警察手冊並且向殺手搭話。殺手的反應不只是對於空澤，對於亞夜子與文彌來說都出乎意料。

他突然揮拳打過來。

而且並非不顧一切的大動作揮拳。是從雙手下垂的狀態向前踏，甩動左臂揮出類似閃擊拳的刺拳，再間不容髮揮出右直拳。速度與威力都超越常人，完全是冷不防的襲擊。

但是空澤沒被打飛，是以超越常人水準的反射神經將這兩拳都擋下來。雖然空澤在速度上完全能夠應付，卻抵抗不住威力而踉蹌後退。

「刑警先生！」

亞夜子連忙跑過去，從背後扶住空澤。

「不行！快離開！」

空澤像是甩開亞夜子般前進，同時擺出防禦姿勢防備殺手的追擊。

殺手也前進了。然而不是為了追擊。殺手鑽過空澤身旁，將亞夜子粗暴拉過來，左手從背後繞過她的脖子，右手企圖持槍抵住她。

殺手的意圖很明顯。他想拿亞夜子當人質逃走。但是殺手沒能說出威脅的話語。

空澤以左手抓住殺手的手槍往上扭，讓槍口朝向天空。雖然遲了一步，但空澤以超人的反應速度阻止了殺手的企圖。

殺手的判斷也很快。他放開手槍，將亞夜子推向空澤。

亞夜子的身體以雙腳浮空的力道被殺手從背後往前推，空澤連忙接住。

「沒事嗎？」

「謝……謝謝。」

亞夜子掛著藏不住慌張的表情向空澤道謝，接著立刻加上「對不起」這句謝罪的話語。

「明明被吩咐退後，我卻做了那種冒失的舉動……」

殺手趁著空澤接住亞夜子的空檔逃離現場。

「沒關係，我會追捕他給妳看。」

空澤以稍微粗魯的動作協助亞夜子站穩，然後猛然朝著殺手逃離的方向奔跑。

被留下來的亞夜子移動到路邊，取出和手機終端裝置連動的通訊機，低頭將通訊機的末端抵在耳際。

「Call，文彌。」

然後以語音指令呼叫通話對象。

『姊姊，什麼事？』

立刻傳來回應。

「我在暗殺者身上裝了發訊器，頻道是九號。」

亞夜子剛才被殺手扭抱的瞬間，將米粒大的發訊器附著在對方外套。

『收到。我有看見喔，好逼真的演技。』

「啊，是喔。」

文彌以消遣語氣說的這句話，亞夜子冷漠回應。

『有在跟隨殺手了。如果刑警先生追不上就由我這邊處理。』

大概是亞夜子的反應平淡，文彌立刻更改語氣。以「有在跟隨」的形容方式，告訴亞夜子有人在監視殺手。

「離開公園之前避免出手。」

不過亞夜子的聲音冰冷到不必要的程度。或許是真的對於自己的「演技」感到不好意思。

『收到。』

在通訊機的另一頭，文彌也很聰明地沒提及這一點。

◇◇◇

「目標朝南門方向前進，發訊器的頻道是九號。」

文彌以只有單眼設定擴大顯示的眼鏡型護目鏡追蹤暗殺者的身影，並且向通訊機發話。

『收到……確認訊號了，立刻移動。』

通訊對象是有希。她的團隊依照文彌的指示在東側停車場待命。文彌的指示不算錯誤，始終是當成包圍網的一角來指定崗位。有希也理解這一點。至少她的聲音沒有不滿的感覺。

「為求謹慎，麻煩若宮與奈穗到公園外面預防共犯來襲。黑川也會過去。」

『若宮與奈穗接受黑川先生的指示就好嗎？』

雖然只是短期，但有希接受過黑川的忍術（不是魔法的那種忍術）指導。在那之後有希只會對黑川加上「先生」稱呼——此外她依然是直呼文彌的名字，但是文彌本人與黑川都不在意這種事。這時候的文彌也只以沉穩語氣回答「沒錯」。

『我會轉告他們兩人。還有嗎？』

文彌以「完畢」回答有希的問題，然後主動切斷通訊。

在擴大的視野中，空澤刑警正在追捕暗殺者。雖然距離逐漸拉近，卻是不確定能否在公園裡追上的微妙速度。

文彌關閉擴大功能，在護目鏡顯示半透明的公園內部地圖。紅色光點是暗殺者身上發訊器的位置，藍色光點是自己的位置。文彌將地圖調節為視野的四分之一，開始朝南門移動。

◇◇◇

（……可惡，追不上。）

聽亞夜子說是殺手的可疑男性（他確信這是事實），空澤全力奔跑追捕，卻遲遲追不上。

（明明看起來不像是有使用魔法，這傢伙不是普通人類。）

（——是強化人嗎？）

空澤從流動的景色得知自己的移動速度。雖然沒執行過交通取締的任務，但他自己練習學會這個技能，以備將來接下這種工作。

以他的狀況，這個技能不只是在駕駛高速移動的代步工具時，在以自己雙腿移動的時候也派得上用場。現在他是以跑百米約五到六秒的速度移動。

這當然不是只以身體能力跑得出來的速度，是以將魔法融入體術，名為「風足」的高速跑法達到這個速度。在短距離的直線移動有另一種名為「雷足」的更快跑法，所以嚴格來說現在或許不是全力奔跑。不過考慮到「雷足」附加的各種制約條件，在用來追蹤歹徒的技術中，「風足」是最快的技術。使用這個技術卻追不上普通人，這種事簡直匪夷所思。

可惜空澤知道自己的魔法知覺能力低於平均水準，所以無法否定現在追捕的殺手，可能是不會讓他感應到魔法行使跡象的熟練魔法師。但是相較之下，空澤認為「那個殺手是強化人」的這個猜測更為正確。

◇◇◇

（話說回來，比預料的還快耶。）

文彌一邊併用魔法移動，一邊在內心低語。

超乎文彌想像的不只是疑似強化人的暗殺者。空澤追蹤時的移動速度也出乎文彌預料。

空澤的「腳程」不只是身體能力使然，光是遠遠觀察就立刻明白這一點。

（不過那個魔法是什麼……？）

只可惜無法看透空澤使用什麼魔法。

文彌知道他的做法是控制自己身體作用的慣性，增加奔跑速度。但是控制過於精細，光是增加慣性控制魔法的工序應該學不來。

無論是奔跑或是行走的行為，都是反覆進行一隻腳（施力腳）蹬地向前的動作以及另一隻腳（軸心腳）踏出去支撐身體的動作而成立。支撐身體的動作在某方面來說是讓身體停止。如果慣性沒產生作用，施力腳產生的推進力會在軸心腳承受體重的時候被抵銷一大部分。

不過也可以在承受體重的同時，利用軸心腳踩穩地面將身體往前拉，抑制減速的力道。只要別讓腳抬得太高，縮小步幅讓雙腳同時著地，想要不依賴慣性前進也不是不可能的事。如果只是短距離的直線前進，應該可以搭配慣性控制以及這種步法跑出誤以為是瞬間移動的速度。

然而空澤不是使用特殊跑法，是正常的運動型跑法。反覆以施力腳加速再以軸心腳支撐減速的跑法。為了以慣性控制獲得更快的速度，要在身體重心超過軸心腳位置的時間點中和慣性，在改用施力腳的時間點將慣性中和提升到最大，在推進力轉變為速度的時候回復慣性，只在軸心腳著地的瞬間中和慣性，在著地完畢由軸心腳承受體重的瞬間再度回復慣性，必須進行這樣的細部調整。而且每一步都要重複以上的所有程序。

這種操作恐怕不是魔法工序的累積，是配合肉體動作自動進行的機制，也是以類似媒介的東西代為進行魔法控制的古式魔法術式。文彌認為這個魔法或許和大陸方術士使用的高速行進魔法「神行法」採用類似的系統。

文彌進行這樣的魔法考察，同時也維持自己的移動速度。他一邊使用正常的跑法，一邊反覆使用高度限制在三十公分左右的「跳躍」魔法爭取速度。在旁人眼中，文彌的跑法或許比較像是忍者。

植物公園的南門方面是雜木林。

賞花遊客集中在公園北側，這個區域的入園人數原本就很少。

剛才園內廣播提醒有可疑人物前往南側的雜木林，所以現在完全看不見人影。

不必使用黑羽的魔法，這裡也已經打造為四下無人的狀況。

◇　◇　◇

有希是「身體強化」的超能力者。身體能力的強化率高於生化學體系的強化。

此外有希雖然是嬌小的女性，但她經過忍者體術修行以及實戰鍛鍊的肉體，發揮的運動能力比起鍛鍊過的男性有過之而無不及。原本的身體能力乘以強化率，將「身體強化」發揮到極限的有希跑速，高於生化學體系的強化人暗殺者。

而且比起從櫻花園到南門的路徑，她從東側停車場跑過來的路徑比較筆直。

自身的能力加上地利，使得有希成功繞到前方。

就算這麼說，她也沒有擋在殺手前方。不是害怕正面衝突，是不想被追過來的刑警看見她的長相。

有希躲進路旁生長的樹木暗處，從包包取出武器。她平常愛用的武器是刀子，但她現在取出的是射擊武器。

不是槍。有希具有常人（以一般殺手來說）水準的用槍技術，但她不喜歡槍聲，所以幾乎沒有實際用過。也不是發射聲音安靜得多，相較之下體積也比手槍大得多的十字弓。今天她準備的是更適合自身特性的武器。

是以橡皮筋發射子彈，構造相當單純的武器——彈弓。

有希的手臂和身高比例一樣短，所以無法將橡皮筋拉得夠長。但她有「身體強化」的能力，可以使用一般人肌力根本拉不動的強力橡皮筋操作彈弓。

發射的時候並不是沒有聲音，但是和槍聲相比等於無聲。此外，相較於同樣是靜音武器的十字弓，發射所需的時間明顯短得多，而且在近距離可以發揮十足的殺傷力，是有希最近愛用的射擊武器。

有希將黏土捏製的子彈安裝在彈弓，消除氣息等待目標接近。

目標殺手很快就出現了。殺手跑得很快。周圍除了有希肯定還躲藏黑羽家的戰鬥員，但有希沒等他們採取行動。

將彈弓的橡皮筋拉長，同時從樹後探出上半身，發射黏土子彈。

瞄準腹部的子彈稍微偏移，命中殺手的右腿根部。

殺手在路面摔倒。但他沒有就這麼悽慘趴倒在地，前翻之後單腳跪地重整姿勢。

有希的直覺告知危機來臨。

她沒違抗自己的直覺，半反射性地躲到樹後。

以消音器抑制卻依然清楚聽得到的槍聲傳入有希耳中。

子彈擦過她藏身的樹幹。

有希保持隨時可以逃走的姿勢蹲下。

傳來槍聲以及子彈打進樹幹另一側的聲音。

槍聲是兩次，樹幹裂開的聲音是一次。

在這之後就沒有聲音了。

有希取出小小的鏡子觀察狀況。

追過來的刑警持槍瞄準單腳跪地的殺手。鏡子裡映出這樣的光景。

◇　◇　◇

空澤的視野捕捉到殺手的背影。

但是沒能和想像的一樣拉近距離。他開始感到焦急。

南門愈來愈近。雖然有呼叫轄區警力支援（以順序來說，今天是外派到警察省的他前來轄區支援），但空澤覺得一旦離開公園就很可能被對方逃走。

（要使用「雷足」嗎……？）

他猶豫是否應該不管三七二十一賭一把。「雷足」不同於「風足」，只能直線移動。無法在中途停止，也只能有限地感應周圍的狀況。如果路線上有看不見的障礙物（例如陷阱），就會以接近自滅的形式受到重創。

不過「雷足」原本是用來奇襲或是緊急逃離的魔法。使用這個魔法應該可以追上殺手確實給他一擊吧——前提是沒有陷阱。

（——不管了，用吧！）

就在他下定決心的這一瞬間。

殺手突然失去平衡摔倒。

（怎麼回事？中槍嗎？）

跌倒的前一剎那，殺手做出像是右腳受創的反應。雖然沒有槍聲，卻像是被小口徑子彈射中的動作。

（空氣槍……或是彈弓嗎……？）

真相還不得而知。總之這是好機會——看起來是機會。

但是空澤想衝向殺手的時候反而緊急煞車。

爬起來單腳跪地的殺手拿著槍。

將槍口朝向路旁豎立的大樹，毫不猶豫扣下扳機。

空澤明白狀況了。

剛才阻止殺手前進的狙擊手肯定躲在樹後。

空澤迅速從懷裡取出手槍，然後面向殺手扣下扳機。

「把槍丟掉！」

經由對空鳴槍的威嚇射擊，空澤逼殺手棄槍。

殺手舉起雙手慢慢站起來。

空澤將實彈射向他的腳下。

子彈陷入透水性柏油路面，碎片飛散。

「我再說一次，把槍丟掉。」

聽到空澤的勸告，殺手聳了聳肩，張開握槍的右手。

手槍一邊緩慢旋轉一邊落下，加裝消音器的槍口朝向空澤，以這個狀態掉到路面。

落地的衝擊導致手槍爆炸。

是相當粗製濫造的便宜貨嗎？不，應該是暗藏爆炸的機關吧。

空澤反射性地蹲下。

空澤的槍口從殺手方向移開。

殺手不是撿起手槍，而是襲向空澤。

兩人相隔將近十公尺。殺手一個箭步就將距離歸零。

迎擊的空澤不是扣下扳機，是在站起來的同時拿槍毆打殺手。

他愛用的手槍不是自動手槍而是左輪手槍。理由是堅固。日本的警察和軍人不同，不以殺害多數人為前提。攜帶手槍的主要目的也不是射殺，是鎮壓。不鏽鋼製的左輪手槍握把，不像自動手槍的握把要收納彈匣，所以能當成毆打的武器。即使裝彈數不如自動手槍，堅固的左輪手槍對於空澤來說也比較好用。

握把以劍道從中段攻擊臉部的要領往下揮，打斷殺手舉在臉部前方的左手臂骨而停止。

緊接著，空澤握槍的右手竄過「熱」的感覺。在知覺轉換為認知的下一秒，「熱」變化為痛楚。

空澤看見了。一把小小的刀子刺穿西裝與襯衫袖子，插在他的右手臂。是沒有握柄像是棒狀飛鏢的細長刀子。

空澤在刀子被施力插得更深之前收回右手臂。脫手而出的手槍飛到背後。他向後跳和殺手拉開距離。

空澤按住左手被刺殺的傷口。雖然血流不止，但是多虧反應得快，刀刃似乎沒有傷到重要的神經或血管。但是右手應該暫時無法使用。

殺手的左手臂也斷了。但是從他剛才是以右手握槍來推測，應該是右撇子。狀況是空澤比較不利。

殺手大概也這麼判斷吧，他不是選擇逃走而是戰鬥。

殺手射出沾了空澤鮮血的刀子。彼此的間距是數公尺。而且這一射迅速又犀利，別說是外行人，就連普通水準的軍人、警察、護衛或格鬥家都躲不掉。

然而空澤不是「普通水準」。他以感覺不到受傷影響的矯捷身手躲開刀子，然後某個物體從左手射向殺手。

不是射出去的。空澤的手幾乎沒動，只做出像是彈指的動作。

殺手似乎有看見這個物體，反射性地以手臂保護臉部。

他的手臂產生小規模的爆炸。

火力不強，甚至連外套袖子都沒燒焦。不過這個爆炸造成的白煙遮蔽殺手的視野。

空澤剛才彈指射出一顆拇指指甲大小的球體。是以漿糊將黑色火藥固化揉成球形硬塊。當然不是只要撞擊就會爆炸的玩意。

那麼為什麼會在命中殺手手臂的瞬間引爆？

答案很簡單，是空澤的魔法造成的。

他擅長的魔法是以「跳躍」為首，控制自身所承受慣性與重力的魔法，以及另一種魔法——併用火藥的魔法。

這也是他繼承的家傳魔法。

說到擅長使用火藥的忍者，廣為人知的是伊賀忍者。或許空澤家真的是伊賀忍者的系譜。

空澤使用的圓石火藥，調合為可以發出較多煙霧的類型。這股煙霧遮蔽殺手的視野。就在眼前的自己手臂發生的爆炸也令殺手亂了陣腳。

雖說亂了陣腳，卻沒有驚慌失措。僅止於應該集中在戰鬥的注意力稍微分散的程度。

即使如此還是出現破綻。

空澤趁著這個機會正式轉守為攻。

◇◇◇

（哇……滿厲害的嘛。）

在雜木林樹後觀察空澤戰鬥表現的文彌，在內心輕聲感嘆。

空澤的身體輕盈浮到半空中。

殺手持刀刺向他踢過來的腿。

然而空澤在空中「蹬步」跳過殺手，從斜上方踩向他的背。

從背後被踢飛的殺手沒有抵抗這股力道，在路面前翻之後立刻重整姿勢。

不過在這個時間點，空澤的飛踢已經進逼而來。

殺手以右手擋下這一腳。

空澤站在這條手臂上，朝著殺手頭部使出下段踢。

骨折的左手臂擋不住這一腳。殺手將剛才被踩踏的右手臂迅速舉高，甩開空澤。

空澤巧妙保持平衡，維持這個姿勢降落在路旁。

殺手持刀的右手臂無力下垂。剛才擋住飛踢的傷害，加上硬是以單手甩開成年男性的影響，導致右手無法舉起來備戰。

無視於慢吞吞的殺手，空澤再度跳到半空中。

殺手完全被空澤的空中殺法戲弄。空澤壓制殺手也只是時間問題吧。

文彌準備好「直結痛楚」的專用ＣＡＤ以便隨時介入。

不過看來不需要出手相助。

南門外也發生騷動。看來協助暗殺者逃走的同夥趕來支援了。文彌決定交給有希見證現場，自己則是去看看外面的情形。

◇◇◇

「演得真好……看起來一點都不假，好厲害。」

有希看著重播的影片，不禁出聲這麼說。

場所是有希的住處。時間是晚餐前。在大畫面螢幕播放的是今天在調布市植物公園拍攝的殺手影片。

植物公園的事件是以空澤逮捕殺手，殺手同夥在轄區刑警趕來之後逃之夭夭的結局落幕。在許多警察集結的狀況下，有希的團隊想行動也不能行動，只好放棄追捕殺手的黨羽當場撤退。

「在這種場面，有美女的話真的是美如畫耶。」

奈穗在有希身旁發出羨慕的聲音。畫面上被殺手撞飛的亞夜子由空澤抱住。

「所以怎麼樣，Croco。有符合的資料嗎？」

有希的視線離開螢幕朝向鱷塚。這部影片是公園監視器的錄影檔，是鱷塚入侵系統取得的。

鱷塚正在嘗試以人臉比對軟體查出殺手身分，有希詢問是否有成果。

鱷塚用來和播放中影片比對的資料，是在裏側社會流通交易，附有大頭照的「專業人員」資料庫。專業人員——殺手與恐怖分子附有大頭照的資料居然有在流通交易，總覺得不可思議，不過這是將各組織釋出的敵對勢力相關資料彙整而成。換句話說這個資料庫是承包人員名單，同時也是懸賞要犯名單。

不過這個資料庫並不完美。不對，若要說是完全版會有諸多遺漏。例如現在不在場的若宮資料有在裡面，卻沒包含有希的資料。老實說，有希認為不太可能以這個資料庫查出今天殺手的真實身分。

「果然沒有符合的人物。」

鱷塚也這麼認為。說起來，要是這麼輕易就能查出真實身分，殺手這一行根本做不下去。殺手並非都像若宮這樣，可以在陰與闇之中從「正面」進行暗殺。在長相被人認識的時間點就要引退或是準備新的臉孔，這可說是一般的做法。現在進行的比對工作始終只是求個謹慎。

「人被警方帶走果然很傷耶。」

「在那個狀況也沒辦法吧？」

「是沒錯啦……」

有希鬧彆扭般這麼說，鱷塚在同意的同時也嘆了口氣。

「要入侵大牢嗎？」

「不，最好別這麼做吧。」

但是對於有希靈機一動的這個點子，鱷塚表情大變阻止她。

「我不是說要硬闖，是打算以穩妥的方式進入。」

「妳打算引發騷動故意被抓進去吧？不可以。」

「為什麼啊？」

「明明好不容易才進入ＦＬＴ，那邊的工作該怎麼辦？」

「唔……」

有希語塞了，鱷塚嘆出比剛才更大的一口氣。

「方針和至今一樣沒變。等待下次的襲擊吧。」

「……知道了啦。只能這樣了嗎……」

「那個～～我有一件在意的事情。」

默默聆聽兩人爭論的奈穗略顯顧慮開口。

「在意的事情？」

有希以疑惑的聲音催促她說下去。

「剛才的場面有被很多人看見對吧？我覺得那裡不只是那個男人，還有別的敵人。」

「說得也是。下手的那一邊依照原則會有預備人員待命。」

這次是鱷塚附和，再以「所以呢？」的眼神看向奈穗。

「亞夜子大人不會被那些傢伙盯上嗎？」

「……意思是因為工作被妨礙，所以會來報復？」

對於奈穗的指摘，有希略感意外。

「雖然不能說不會……但這種事是動不動就吵什麼面子問題的小混混在做的事情。今天的傢伙至少不是小混混。」

「面子？不，我不是這個意思……」

「嗯？……妳是在擔心什麼？」

覺得雞同鴨講的有希，重新詢問奈穗的真正想法。

「如果殺手有在調查達也大人身邊的情報，要查出亞夜子大人和達也大人關係親密應該不是難事。畢竟亞夜子大人會和深雪大人一起外出。」

有希這次認真接受有希的指摘。

「換句話說，不是因為工作被妨礙要洩憤……或許是企圖拿來當成釣出『那個人』的誘餌。妳想說的是這個意思嗎？」

「是的。應該有可能吧。但我當然不認為亞夜子大人會敗給區區的黑手黨殺手。」

「……是啊。應該不用擔心亞夜子被打倒……Croco，你認為呢？」

「說得也是……亞夜子大人可能會被鎖定。」

鱷塚也以慎重語氣認同奈穗的指摘。

「但我們什麼都做不了喔。亞夜子大人應該有黑羽家保護，而且我們四人光是監視『那個人』的周邊就沒有餘力。」

不只如此，還勸告奈穗就算擔心也沒用。

◇◇◇

國際祕密結社「行會」，其下的暴力犯罪執行部隊「黑手黨兄弟會」。不只將疲於對抗中國黑社會的許多日本黑道組織納入旗下，令人嘆息的是他們也將魔手深入警界內部。

「真是一場災難啊。」

被空澤逮捕的殺手位於偵訊室，轄區警署的警部補正在對他說話。偵訊室裡只有警部補與殺手兩人，其他刑警沒有參與。

警部補以手指在桌面畫了兩個簡單的符號。拉丁十字以及正教會十字。他畫的正教會十字是兩條橫線的六端十字架。

殺手以戴著手銬的手，在六端十字架的下方畫了三條橫線的八端十字架。

「放心吧。監視器與麥克風都關掉了。」

聽到警部補這句話，殺手放鬆緊張心情。

「兄弟，那名刑警是怎麼回事？應該不是普通人吧？」

「抓到你的那名刑警嗎?那傢伙是從總省派來的支援人員，是魔法師。」

「就算是魔法師，那種身手也非比尋常。」

「俄羅斯人的兄弟或許不熟悉吧。」

如警部補所說，這名殺手是從俄羅斯偷渡入境。外表無法和日本人區分的原因不是混血，而是民族特性使然。

「那傢伙是忍術使。」

「忍者嗎……!」

殺手表現出不只是單純吃驚的「上鉤」反應。即使到了二十一世紀末，「忍者」與「武士」聽在外國人耳裡似乎也有特別的感覺。

「比起這種事……」

警部補苦笑改變話題。

「你被裝了發訊器喔。」

警部補從略帶苦笑突然換成嚴肅語氣，向殺手這麼說。

「什麼?」

殺手真的嚇了一跳。看來他沒察覺。

「豆粒大的發訊器固定在你的外套下襬附近。是纏住纖維貼附的類型。輕輕按下就能固定，即使劇烈晃動也不會掉的好東西。和ＳＩＳ特務使用的機種相同，你心裡真的沒有底嗎?」

SIS是（英國）祕密情報局的簡稱，MI6這個通稱也廣為人知。

「外套下襬？」

「對，在這附近。」

警部補站起來，指向自己左腰的前側。

「……那個女的嗎！」

殺手幾乎在警部補坐下的同一時間大喊。

「是你原本想抓為人質的女人嗎？」

「啊啊，肯定沒錯。只有那個女的碰過那裡。」

「原來如此。」

警部補知道殺手基於習性總是注意避免和他人接觸，千萬不能被發現自己攜帶武器，也相信如果是「那個女的」，要安裝發訊器應該是易如反掌。

「……她是什麼人？」

正前方的對象做出奇妙的理解反應，覺得不對勁的殺手帶著試探的意思詢問警部補。

「黑羽亞夜子。是目標對象的從表妹。」

警部補是黑手黨兄弟會的祕密成員。他當然知道組織把誰設為目標，亞夜子的身分也有寫在調查報告裡。

「那個女的也是四葉一族嗎？可是沒有難以對付的感覺啊……？」

「大概不是戰鬥要員吧。」

不過，警部補似乎不知道「不可侵犯的禁忌」四葉家的「更深之闇」——黑羽家的事情。

「因為也有工作必須是女性才能勝任吧。」

「確實，那個女的相當嬌媚，不像是年輕女孩。」

殺手基於自己的實際感受，接受警部補的說法。與其說是殺手看走眼，應該認定亞夜子的演技就是這麼優秀。

「不過，她是目標的親人嗎……感覺可以利用。」

聽到殺手輕聲說出這句話，警部補高明地只揚起單邊眉毛。

「……意思是要當成誘餌使用嗎？」

「這次的目標，能夠鎖定下手的機會實在太少了。應該也要考慮人質戰術。」

「我知道你的想法了。不過還要花一點時間才能放你出去。我會幫你轉告給兄弟們。」

警部補說到這裡站了起來。

殺手也跟著這麼做。

和樂的氣氛消失，兩人都掛著嚴肅表情走出偵訊室。

【6】自討苦吃

入學之後來到第三天，各種手續也告一段落。剛入學的這段時期還沒有作業所以比較閒，魔法大學在這方面和其他大學沒有兩樣。

這天，上完一天的課之後，亞夜子帶著幾名剛認識同樣是新生的女性，前往東京市中心的繁華區。雖然是出去玩，卻不是單純浪費時間。

魔法師也需要人脈。不，在少數派魔法師組成的狹小社會，人脈的重要度可說是高於多數派普通人組成的社會。

黑羽家的職責是諜報、幕後工作以及破壞任務，不過若要暗中行動，亞夜子實在太美了，而且因為九校戰的關係而被魔法界的人們記住長相。她的魔法適合隱密行動，卻很難混入普通人群進行諜報活動或是破壞任務。

不過也有一些諜報活動必須容貌出色並且被人認識才做得到。在社交場合活用人脈收集情報以及操作情報。擅長這個領域的是七草家，四葉家至今不太致力於這個領域。直到兩年前就算這樣也無妨。然而因為達也引起全世界的關注，所以四葉家再也不能忽視表面上的諜報活動。

長相與名字博得人氣，並不是亞夜子期望的結果。但是如今也無法當成沒發生過。亞夜子決定活用美貌與知名度勤於建立人脈。

亞夜子是中京圈（以名古屋為中心的都市圈）出身，卻因為工作而經常來到東京。對於高級名牌店的熟悉程度不輸東京當地居民。另一方面，她還不太清楚休閒品牌的名店。帶著和自己一樣不是首都圈出身的人去逛高級名牌店，再請東京女生介紹休閒品牌店吧。像這樣邊走邊逛一段時間之後，太陽完全西下了。

「成為大學生之後，即使酒量不好也要喝」的惡習在上一場大戰的時期被矯正了。她們在時尚咖啡廳享受簡餐之後解散。

日落時間早就過了，現在是夜晚時分。雖然這麼說，但是天才剛黑，年輕女性即使在這個時段獨自返家也沒有很危險。

「姊姊。」

「哎呀，你特地來接我嗎？」

不過文彌在咖啡廳出口等待亞夜子。

同學之間發出「妹妹？」這個聲音。

另一個聲音缺乏自信說出「是弟弟……對吧？」蓋過先前的聲音。

也聽得到「咦，不會吧，男生？」的聲音。

文彌只有含糊一笑，沒有公布答案。

「是弟弟喔。那麼各位，明天見。」

亞夜子這麼說完，和文彌一起朝車站踏出腳步。

即使已經明確公布答案，被留下來的同學之間依然繼續進行「騙人」「真的？」「是男生」「是女生」「是男妹子」的爭論。最後那個明顯被次文化入侵的聲音暫且不提，客觀來看即使把文彌誤認是女性也在所難免吧。何況文彌本人如今處於即使被誤會也不在乎的立場。

他的自我性別認知是男性，性向是異性戀。不會積極想被當成女性，也絲毫不打算吸引男性青睞。只是在成為大學生之後，比起被當成「美少年」看待，還不如被誤以為是女大學生。他現在的外型就是這種妥協的產物。

基於這種原因，所以行人大多把亞夜子與文彌認知為女大學生雙人組。文彌是為了降低走夜路的風險而來迎接亞夜子，從這一點來思考，他被當成美少年或許比較適當。有一種看法認為兩人同行比一人獨行不容易被捲入犯罪，另一方面，也有一種看法認為是兩個美女應該比一個美女「美味」。像是野獸般把女性當成獵物的爛男人或許大多是後者。

只不過，這時候盯上兩人的不是爛男人之類的人渣。

「……文彌，有察覺嗎？」

「當然。」

亞夜子以閒聊表情詢問，文彌以敷衍態度附和。兩人沒有明顯循著朝向這裡的視線看過去，繼續自然而然假裝什麼都沒察覺。

「是鎖定達也先生的傢伙嗎？」

「我覺得是。」

乍看是兩名年輕美女的亞夜子與文彌，被路上往來的許多男性（其中也有女性）投以偷看的視線、露骨的視線或是混濁的視線等等，各式各樣的視線紛紛刺在他們身上。

但是兩人沒被這種不安好心卻沒有實際危害的視線擾亂，發現了懷抱明確惡意看著他們的那些人。

「怎麼辦？引導他們去四下無人的場所嗎？」

引誘對方移動到容易襲擊的場所。亞夜子提出這樣的計畫。

「說得也是。旁觀的人這麼多，我們也不方便行動。這附近有適當的場所嗎？」

文彌不等亞夜子回答，取出行動終端裝置自己調查。

「……這種熱鬧的地方意外會有不為人知的好去處耶。」

文彌單手拿著終端裝置，向亞夜子說「往這裡」以空著的手指路。

從繁華區的主要道路轉彎經過兩個路口的小巷。有著小型公寓與旅館，還有專做常客生意的小酒吧櫛比鱗次的這條巷子幾乎沒有人影。這裡應該要到夜更深的時候才會熱鬧吧。

兩人由文彌帶頭，前往一間主要不是用來住宿而是休息的旅館。亞夜子頻頻轉身觀察背後，文彌耐心配合她的步調。兩人的腳步緩慢，很像是做了虧心事的模樣。

對於襲擊的一方來說，這是絕佳的狀態。正如兩人所願，剛才懷著惡意觀察的歹徒現身了。

前方兩人，後方兩人。除此之外沒現身的氣息有六人份。

「你……你們是什麼人？」

文彌以「女低音」朝著前方擋路的兩人大喊。即使是同樣的音域，男聲和女聲聽起來的質感也不一樣，但這時候的文彌聲音是毫不突兀的「女聲」。

「別抵抗啊。」

兩人組的其中一人一邊這麼說，一邊從外套內側取出手槍。

想子雜訊同時從背後投射。是「演算干擾」。不過這個雜訊在產生的同時消失。

在兩人身後，戴著晶陽石戒指的手向前伸直的男性臉上掠過慌張神情。

前方沒拿槍的那名男性，將左手握拳向前伸直。這個人的手指也戴著晶陽石的戒指。

然而沒有產生「演算干擾」的雜訊。

能夠癱瘓魔法師戰力的這種雜訊，是以亞夜子的魔法「極散」消除的。「極散」原本的用法是以廣大的領域將光波或音波混合稀釋為幾近於無的細波。然而「極散」的對象不限於光線或聲音，也可以指定想子波為目標對象。

晶陽石具有的性質，是只要注入想子就能產生阻礙魔法發動的想子波。換句話說會對想子波起反應。而且引發反應的想子波，即使不是來自裝備者也沒關係。

只要持續朝周圍空間釋放微弱的想子波，就會產生微弱的干擾波。亞夜子利用這個原理，偵測到敵人裝備了晶陽石。

所以亞夜子在敵方使用「演算干擾」的同時，設定「在物理次元擴散的想子波」為目標對象發動「極散」，反過來將其封鎖。

包圍亞夜子他們的四名歹徒不是魔法師。不過似乎從知覺感應到「演算干擾」被無效化。他們露出強忍慌張的表情（因為看得出來，所以沒有完全壓下慌張）將槍口朝向文彌要扣下扳機。

不過文彌的速度比較快。他從戴在左手小指的圖章戒指（戒台可以當成印章的戒指）輸出啟動式在一瞬間讀取。幾乎在同一時間，前方與後方持槍的歹徒翻白眼無力倒在路面。

啟動式再度在圖章戒指閃耀。

這枚戒指和文彌愛用的拳套造型CAD一樣，是「直結痛楚」專用的CAD。不同於拳套造型的機種，無法當成物理毆打的武器使用，但是平常戴著也沒有突兀感。

文彌毫無預備動作就發動的「直結痛楚」，使得剩下的兩人也趴倒在地。四名歹徒甚至沒能呻吟就被剝奪意識。

「剛才他好像用力撞到頭了，沒問題嗎？」

亞夜子只在嘴上說說的擔心對象，是毫無防備倒在地上昏迷的歹徒。

「不知道。」

文彌甚至沒有口頭關心。

「不提這個，這些傢伙剛才是衝著姊姊來的吧？」

「應該說看起來對你沒有興趣。」

夕徒的視線從一開始就集中在亞夜子身上。感覺直到文彌大喊才終於注意到他。

「即使他們認為引誘達也先生的人質只要一人就好，要是認識你的話肯定會提防吧……」

如亞夜子所說，夕徒對於文彌幾乎毫無戒心。

「如果這些傢伙真的是狙殺達也先生的黑手黨兄弟會成員……或許我們太過於高估敵方的實力了。」

只要調查過文彌就不可能不會提防。之所以沒有這種舉動，可以解釋為對方沒有對於「現在的他」進行充分的調查。黑羽文彌以中性打扮就讀大學，這種事只要對方人力足夠雄厚就輕易查得出來。

「我覺得現在認定過於高估還太早。可能只是主力部隊還沒抵達。」

「狀態不夠周全就下手，光是這樣就要扣分了。」

文彌的態度與其說是樂觀，應該說他對於「工作」的評分很嚴格吧。他在不久的將來率領的家族，就某種意義來說和黑手黨兄弟會一樣從事幕後工作。基於這個立場，他為敵人打分數都這麼嚴格，或許也是在所難免。

「那麼就在敵方狀態還沒周全的時候做個了斷吧。」

「說得也是。我也覺得這樣比較好。」

這次兩人之間沒出現意見相左的狀況。

◇　◇　◇

襲擊亞夜子他們的暗殺者同夥是十人團隊。文彌打倒的是其中四人，不過剩下的六人沒有襲擊亞夜子與文彌。

「——Nut，這邊解決了。」

「這邊也結束了。意外地簡單耶。」

「兩位都辛苦了。Ripper，不好意思，可以請您扛一個活著的人回來嗎？Croco先生好像想要問話。」

以上依序是若宮、有希、奈穗的對話。

在後方待命的黑手黨同夥，被有希的團隊偷襲打倒。

「一個人就好嗎？不過活著的傢伙還有一個……」

「他說一個人就好喔。屍體會由黑衣人們幫忙清理。」

聽到奈穗的回應，若宮說「這樣啊」點點頭，將昏迷的黑手黨扛在肩上。這名男性不只是昏迷，雙手雙腳明顯都骨折了。

另一面，有希輕聲說「什麼嘛，一個人就好嗎」，將趴倒在地的男性脖子用力踩斷。

「那就閃人吧。」

「說得也是。」

有希若無其事這麼說，奈穗以甜美笑容回應。

◇　◇　◇

不同於有希他們，文彌四個人都沒殺掉。打倒的黑手黨由黑衣人部下回收。文彌他們自己將善後工作交給部下之後回到自家公寓。（此外「黑手黨」這個詞在這裡不是原本的意思，是意味著犯罪組織以及組織成員的普通名詞。）

將黑手黨搬運到其他據點的黑川來電聯絡時，文彌剛洗完澡正在放鬆。

『——晚點再打過來比較好嗎？』

透過視訊電話鏡頭看見文彌模樣的黑川略顯顧慮這麼說。因為文彌圍著浴巾，頭髮也還是潮濕狀態。

「說這什麼話，我們都是男的，當然不會介意吧？快點報告吧。」

確實如文彌所說，黑川表現的這份貼心，感覺在男性之間沒什麼必要性。

『——說得也是。不好意思，屬下不由得慌張了一下。』

「你這傢伙在說什麼啊？和我來往幾年了？」

『沒事，一點都沒錯。事不宜遲，抓到的那些人確定是黑手黨兄弟會的成員沒錯。』

「『事不宜遲』的用法是不是錯了？」

若無其事進入正題的黑川被文彌吐槽。

『所以，關於他們的根據地——』

黑川無視於文彌的吐槽。

不過敵方根據地是文彌也等了很久的情報，所以他沒有追擊。

「意外地遠耶。」

黑川他們問到的黑手黨根據地，位於從調布這裡開車需要一個多小時的場所。如果不是使用自動車而是小型電車，花費的時間應該可以減少為六成，但是攜帶殺人武器搭乘大眾交通工具有點難以想像。

「可以的話我想在明晚下手。麻煩在明天傍晚之前確定情報屬實。」

『屬下明白了。亞夜子大人也要一起襲擊嗎？』

「我自己去。以這個原則幫忙準備吧。」

『是，遵命。』

視訊電話的畫面變暗。

就像是等待這一刻，亞夜子向文彌搭話。

「我被排擠了嗎？」

「是分工合作喔。」

亞夜子這個問題有點壞心眼，但是文彌沒慌張。

「黑川問到的情報，我認為不是真正意義的根據地，應該只是少人數執行部隊使用的分部。並不是需要我們兩人同時離開這裡的案件。」

「你算是認為總部的根據地在其他地方是吧？」

亞夜子問完之後，文彌回答「大概吧」點了點頭。雖然嘴裡說「大概」，但他看起來反而很有自信。

「因為太遠了？」

「沒錯。」

文彌只有點頭，沒要繼續詳細說明。他知道亞夜子也抱持相同的想法。

◇　◇　◇

魔法大學有各種大小不一，自主研究魔法的社團，這是其他大學沒有的特徵。以主流魔法為主題的社團成員很多，活動也很踴躍。相對的，使用者較少的冷門魔法社團成員很少，活動也很低調。如果是過於艱深，想找到能夠使用的人都要費一番工夫的魔法，以這種魔法為主題的社團也大多會從休眠狀態踏上自然消滅的道路。

「未確認魔法研究會」就是這種自然消滅的候補社團。這是當然的。既然研究主題是沒被確認的魔法，實際上也不可能進行實踐程序。因為必須不斷驗證假設，試著從理論角度解析不知道是不是魔法的超自然現象，所以原本不是學生處理得來的高階難題。雖然由於志向遠大所以大學准許存續，然而無論何時陷入休眠狀態都不奇怪。

然而，本應靜靜等待自然消滅的未確認魔法研究會，從去年暑假結束之後再度開始活動。活動內容勉強說得過去，但是注目程度很高。因為未確認魔法研究會的會員在重新開始活動的時候全部換人，新加入的會員名單有「司波達也」與「司波深雪」的名字。

其實是達也占據了整個社團，這是一般學生不知道的真相。不，應該形容為四葉家占據社團比較正確。社團現在的會員都是四葉家的相關人員。未確認魔法研究會成為魔法大學裡的四葉家據點之一。

亞夜子與文彌順理成章加入這個社團。被襲擊的隔天午餐時間，文彌來到社辦。此外亞夜子則是和同年級女生在餐廳培養交情。

「——鱷塚，久等了。」

『不好意思。雖然知道您在大學，但我認為盡快通知您比較好。』

文彌來到社辦是因為鱷塚來電。在這間成為四葉家據點的社辦，也可以討論不能被別人聽到的話題。

「告訴我吧。」

文彌沒提及鱷塚形式上的謝罪，催促他進入正題。

『我們抓走昨晚其中一名同夥，逼他招出根據地了。』

鱷塚以這句話當成開場白告知的場所，和昨晚黑川報告的地名一致。但是不同點在於有希的團隊已經前往當地確認完畢。

「──辛苦你們了。」

『您要反擊對吧？請多加注意。』

黑川那邊現在應該也已經完成情報的查證吧。這是順序問題，不代表哪一邊比較優秀。

不過接在根據地位置後面的是新情報。

『根據地好像有強化暗殺者或是暗殺骨裝。』

「強化暗殺者？是以藥物強化的暗殺者嗎？還有暗殺骨裝？」

「強化暗殺者」以及「暗殺骨裝」都是文彌第一次聽到的名詞。

『不只是藥物，也有人是以基因改造強化。』

「以基因改造強化士兵還可以理解，不過怎麼是暗殺者？」

『經費拮据的軍方把失敗作低價賣掉了。』

「我經常聽說軍方會私下轉賣武器，不過連士兵都會賣嗎……」

『雖然我不是故意以惡人自居，不過沒有用錢買不到的東西喔。連人命都可以買賣。』

「既然人命都成為商品，人成為商品也不奇怪嗎……」

文彌以說給自己聽的語氣呢喃。鱷塚他們民間的職業暗殺者，平常的工作是以金錢買賣他人的生命。將鱷塚他們收為部下的自己，對於人口買賣抱持道德層面的厭惡感就算了，如果在生理層面感到抗拒會很奇怪。這是文彌的想法。

文彌也是還殘留著細膩情感的年輕人。

「……所以，『暗殺骨裝』是什麼？」

『暗殺用的動力外骨骼。這原本也是軍用品。』

「和軍用的動力外骨骼有什麼不同？」

文彌這麼問不是基於好奇心，是假設將來可能交戰，想知道對方的特徵。

『因為是暗殺用，所以重視隱蔽性，和軍用類型相比打造得更細更薄。』

「這樣的話輸出的威力不強吧？」

『是的，不過相對的，反應速度設定得很快。』

「因為既然威力減弱，即使提升反應速度，傷到手腳肌腱的風險也不高嗎？」

『您說的沒錯。而且不是跟隨人體動作運作，採用了機械義肢使用的神經連結功能。』

「……等一下。機械義肢是將斷肢的末端神經，連結到固定義肢的接合處吧？」

『是把傳導神經脈衝的電極植入四肢喔。』

「做到這種程度嗎……」

文彌看起來受到不少打擊。基於非醫療目的將機械植入人體，在這個世界不是常態。以腦波操作網路機器的腦植入物，至今也尚未被大眾接受。

『因為如果不做到這種程度，普通人就贏不了魔法師。』

「……是對付魔法師用的裝備嗎？」

敵視魔法師的人類執念，文彌甚至覺得毛骨聳然。

『是的，請問怎麼了嗎？』

緊繃的文彌表情，和一如往常完全沒變的鱷塚表情成為對比。

「——不，沒事。以上就是所有注意點嗎？」

『不，最應該注意的點是暗器。雖然機械本身輸出的威力不強，但是手腳暗藏槍或是刀，會配合手指動作運作。尤其是槍，槍口不一定在手腳前端，也可能從手肘或膝蓋發射子彈或是針，所以交戰的時候請注意不自然的手指動作。』

「這是很好的參考，感謝。今晚要襲擊這個根據地，幫我通知有希與若宮也要參加。」

『不包括Shell嗎？』

鱷塚平常就以代號稱呼同伴。「Shell」是奈穗。

「這部分交給你判斷。二十一點在當地集合。」

『遵命。』

鱷塚在行動終端裝置的小小畫面裡恭敬行禮。

文彌看著他，沒說什麼就結束通話。

◇◇◇

一天的課程結束，文彌和亞夜子一起離開校園。兩人今天都預定直接回家，亞夜子卻在走出校門的時候被叫住。

等待亞夜子的是空澤。他以非常無關緊要的話語包裝自己的意圖，向亞夜子表示「想找妳問一些事」。雖然使用委婉的說法，但總歸來說就是「想針對昨晚的事進行偵訊」。

昨晚反擊黑手黨兄弟會成員的場面肯定沒被任何人看見。這不是兩人自認的，以黑川為首的部下們也打包票。而且如果昨晚的現場被發現，沒要求文彌一起接受偵訊的話很奇怪。

必須確認空澤的真正意圖。不只是文彌，亞夜子也有相同想法。

文彌與亞夜子轉頭相視。亞夜子以眼神告知「交給我吧」。

文彌要為今晚做準備。兩人以視線溝通決定分工，文彌說聲「那我先走了」和亞夜子道別。

◇◇◇

亞夜子坐進空澤駕駛的自動車副駕駛座。是四輪近輪轂馬達的五門小型電動車。

近輪轂馬達是輪轂馬達的衍生，馬達不是收納在輪胎裡，而是安裝在輪胎附近，再以傳動軸傳導動力。馬達搭載在車身。

路面的振動不會直接傳導到馬達，減少振動造成故障的風險。同時馬達重量也不會直接傳導到路面，靜音性也很優秀。

此外馬達體積不會受限於輪胎大小。換句話說能以大型馬達提供強大馬力。輪胎的自由度也提升。例如可以搭配高靈敏度的主動式懸吊系統採用全樹脂防彈輪胎。

以前的近輪轂馬達也同樣稱為輪轂馬達，但因為有上述的性質差異，所以現在使用不同的稱呼區分。

在這個場合具有意義的是靜音性。在行進的車上，不必特別增加音量也可以對話。

空澤駕駛自動車前往亞夜子的住處。但是很明顯不是單純開車送她回家。何況空澤從一開始就向亞夜子表明想要偵訊。

咖啡廳或餐廳當然不用說，即使在警察署裡的竊聽風險也不是零。行進中的車上可說是竊聽風險最低的場所之一。

「所以，請問您想問什麼事？」

亞夜子有猜到空澤在提防竊聽，但她沒有說出口，以閒話家常的語氣主動打開話匣子。

「昨晚有被什麼人襲擊嗎？」

空澤沒有猶豫。甚至毫不結巴如此反問。

「沒有。」

亞夜子的回答也完全沒遲疑。

「我有感覺到不太友善的視線在糾纏，所以使用幻影魔法甩掉對方。要以非法使用魔法的罪名逮捕我嗎？」

「只是逃走嗎？」

「是的，請問怎麼了嗎？」

空澤只將視線移向亞夜子。現在是自動駕駛，所以轉頭看過去也沒問題，不過大概是守法精神滲進骨子裡，覺得既然坐在駕駛座就必須看著正前方吧。然而即使是斜眼看旁邊，也一樣算是不專心駕駛。

空澤的無言視線施加不上不下的壓力，亞夜子回以甜美的笑容。她當然沒說「開車禁止看旁邊」這種不重要又不識趣的話。

結果是空澤退讓了。

「……我們正在監視的外國人組織犯罪者集團昨晚失蹤了。亞夜子小姐感覺到的『不太友善的視線』恐怕就是來自他們。」

「空澤先生，您說話很拘謹喔。」

「呃……」

「請像以前那樣和我說話，我前幾天向您這麼說過吧？」

亞夜子以小惡魔語氣編織這段話，空澤難掩內心的動搖。

「先前聽您說被外派到警察省，原來是公安部門啊。」

「妳為什麼會知道……」

空澤忘記開車要注意前方的義務，整張臉轉向亞夜子。

亞夜子輕聲說著「哎呀」，發出清脆的笑聲。

「明明是您自己說的。您說正在『監視』的是『外國人』組織的犯罪者。」

「啊……」

空澤察覺自己大意了。如果是刑事警察的犯罪搜查就不是「監視」，是「搜查」並且「逮捕」。取締國內的暴力組織也是刑事警察的工作，但如果對象是「外國人」組織犯罪者，而且不是加以「取締」而是「監視」，那就是公安警察的工作。

空澤原本是被外派到警察省的刑事警察部門。但是幾天前在植物公園，公安監視對象的達也被暗殺者鎖定時，是由他介入逮捕暗殺者，所以在這個案件解決之前，他所屬的團隊一起被納入公安部門。

「所以，失蹤的是哪個國家的人呢？」

「…………」

「我認為這種程度的情報稱不上祕密。」

「……反正妳早就知道了吧？是西伯利亞東部血統的俄羅斯人。」

空澤認命提供情報了。語氣也正如亞夜子的要求回到高中時代。

「公安從上個月底就以二十四小時的體制，監視俄羅斯黑手黨的四人組。」

「二十四小時的體制嗎？難道那些人是有名的殺手？」

亞夜子以半開玩笑的語氣說。但是空澤立刻回答「沒錯」，令她睜大雙眼。

「正確來說是殺手部隊的先遣隊。在法國、比利時以及丹麥，這些傢伙每次現身之後就有重要人士被暗殺。」

「總覺得這些人像是偵察隊。是男性嗎？」

「……為什麼這麼問？」

空澤對於亞夜子這個問題感到疑惑而皺眉。

「如果是暗殺的事前準備，我覺得女性或許比較適合。」

「啊啊……原來如此。」

確實，如果要調查行動模式或是製造可乘之機，女性或許比較合適。空澤認為有道理。但他同時也誤以為公安監視對象在昨晚失蹤的這件事和亞夜子無關。

「不過所有人都是男性。」

「這樣啊。」

附和的亞夜子完全沒給人假惺惺的感覺。空澤之所以就這麼中計，不知道是因為他很單純，還是應該稱讚亞夜子的本領。

「請問我是被這些傢伙盯上嗎？難道是在先前的植物公園，因為是我報的警所以記恨？」

亞夜子沒露出害怕的模樣。空澤知道亞夜子的真實身分，所以亞夜子要是在這裡發抖給他看反而會被懷疑吧。

「再怎麼說也不應該為了這種事記恨，雖然我想這麼認為……但是為求謹慎，我覺得晚上避免外出比較好。」

「太晚的時候我會叫護衛過來。」

「別讓護衛做出犯罪行為啊……」

「嗯，我知道要適可而止。」

亞夜子沒說「會讓護衛遵守法律」。

空澤也沒責備這一點。他知道要求四葉家嚴格遵守法律也沒有意義。

◇◇◇

房總半島北部，距離東京市中心相當遠的某處，有一個黑手黨兄弟會的根據地。雖說是根據地，卻不是當地司令部之類的性質，而是定位為執行部隊成員從日本北部偷渡入境時的補給基地之一。

但也因為這樣，所以保管了豐富的武器。以遭受襲擊的一方來說是不容忽視的據點。

四月九日星期四的晚上九點多，黑羽家的襲擊部隊暗中包圍這個據點。

「我們該怎麼做？」

稍微比指定時間早到的有希詢問文彌。順帶一提，這裡說的「稍微」是重點，太早到會增加被敵人發現的風險。在預定時間之前採取行動未必都是好事，從這個例子顯然看得出這個道理。

「有希與若宮是攻堅要員。」

「居然是當砲灰嗎……」

文彌的回應令有希呻吟。

「砲灰？如果妳的意思是以被殺為前提的棄子，那妳就錯了。因為我也會攻堅。我從正門，若宮從後門，有希從右側窗戶。」

「呃……你是笨蛋嗎？主將從正面進攻是哪個時代的事啊！」

「正面未必危險。任何地方都是一樣的風險喔。」

「簡直是瘋了……」

有希不是接受，是傻眼到無話可說。

「少主，攻堅人員部署完畢。警備機器也已經癱瘓。」

此時黑衣人向文彌報告。

「知道了。行動吧。」

文彌改變語氣告知，結束和有希的對話。

黑手黨兄弟會的根據地是小規模的工廠。是承包製作產業用機器人零件的企業工廠。不過這個企業從以前就相傳「可能是犯罪組織的空殼公司」。據說轄區警察署幹部與當地議員也疑似收受賄款，是一間很有問題的工廠。即使成為犯罪組織的據點也毫不令人意外。

文彌移動到工廠正面。他打算大膽從正門闖入。但現在依然保持距離隱藏在夜晚的黑暗中。在人體感應器的有效範圍外。

「黑川，有幾人？」

文彌以省略字詞的這個問題，詢問工廠裡的敵方人數。

「九人。都是殺手。」

「沒有後備人員嗎？不過還真少。」

「因為我們昨晚削減過了。原本包括警方逮捕的殺手在內是二十人的據點。」

「以容積大小來說是很妥當的人數。知道身上的武器嗎？」

「看來沒有挾帶大型的槍枝進來。不過九人都以手槍武裝。」

「動力外骨骼呢？」

「您是說暗殺骨裝嗎？那就是兩具。一具是在雙手手臂裝備打樁槍，另一具的雙手雙腳是利刃。不是霰彈槍或機關槍。」

「沒有最棘手的射擊武器嗎？」

「幸好海關與海巡都沒有這麼無能的樣子。」

「允許那些傢伙入侵的時間點就相當無能了——好，行動吧。」

從正門攻堅的是包含文彌與黑川的四人。文彌右手戴著拳套造型的CAD，黑川右手拿著匕首，左手舉著手槍，另外兩人以小型衝鋒槍武裝。

手持衝鋒槍的兩人貼在正面大門兩側。

站在大門正前方的文彌，將左手舉到面前。左手腕戴著表面光滑毫無裝飾的寬手鐲。是完全思考操作型CAD。

工廠大門被無聲打飛了。正確來說是門被打飛的聲音同時被消除。

不用說，破壞門以及消除聲音的都是文彌的魔法。他是擅長精神干涉系統的魔法師，卻不像達也專精於特定的魔法。施加爆發性的壓力打飛薄薄的鋼製門板，並且將這時候發出的聲音（空氣的振動）消除，這種事對於文彌來說易如反掌。

手持衝鋒槍的兩名部下衝進工廠內部。入口旁邊休息室發出「是誰？」這個意思的叫聲。是俄語的叫聲。隔著大玻璃窗看得見兩個人影。

衝鋒槍開火了。玻璃發出響亮聲音破碎，子彈灑向休息室內部。

但是殺手同夥的兩人承受著彈雨，沒有立刻倒下。在衣服破洞流血的同時以手槍反擊。

手持衝鋒槍的兩名部下也是魔法師，有預先發動反物資護盾魔法為槍戰做準備。即使如此卻還是有一名部下腹部中彈倒下。

文彌間不容髮向前方伸出右拳。

休息室的兩名殺手像是強直陣攣發作般張開四肢，就這麼翻白眼倒下。

「生效了嗎……」

文彌以安心的語氣呢喃。他剛才情急之下以最高強度使出「直結痛楚」，不過看對方即使中彈也沒有痛苦的樣子，所以擔心「說不定對他們無效」。

「這些傢伙在強化肌肉、皮膚與骨骼的同時也鈍化了痛覺吧。再怎麼強化肉體，精神也無法強化喔。因為逃離了痛苦。」

黑川對於文彌這句呢喃的回應，聽起來像是激勵也像是告誡。

「說得也是……」

文彌聲音之所以消沉，是因為他近距離看過實際的案例，知道以痛苦鍛鍊精神是怎麼回事。這是應該要稱讚、崇敬與憧憬的強，卻同時也是一種扭曲的強。文彌理解這一點。

「話說回來，不覺得是相當強力的手槍嗎？」

文彌低頭看著中槍受苦的部下以及蹲在旁邊幫忙急救的部下，徵詢黑川的意見。

「說得也是，和高威力步槍一樣強力。」

高威力步槍是考慮到和魔法師交戰，用來以子彈射穿防禦魔法的槍。在可攜式槍砲之中是相當大型的類型。

「要是在手槍使用那種威力的子彈，別說槍身，感覺整把槍都會破裂……應該是使用特殊的素材吧。」

「用來對付魔法師的手槍嗎？」

文彌發出透露憂慮的聲音。高威力步槍這種大型可攜式槍砲無法輕易隨身帶著走，但是手槍不一樣。要是這種威力的手槍廣為流通，肯定會成為魔法師的一大威脅。

「屬下認為不會普及喔。」

黑川這句話與其說是解讀文彌內心，應該是懷抱相同擔憂的結果。

「特別的素材毫無例外都是特別的價格。即使是為了對付魔法師，成本效益也太差了。何況反作用力太強，如果沒有接受相當亂來的強化措施，手應該承受不了吧。」

「不能掉以輕心。因為實際上已經像這樣出現實用化的案例了。」

「話是這麼說沒錯，但現在不必思考這個問題吧？」

黑川催促文彌注意牆壁與天花板迴盪的斷續打鬥聲。

「說得也是。」

文彌點點頭，命令正在急救的部下帶著重傷患撤退。

他自己則是和黑川一起走向深處。

若宮和黑羽家的兩名戰鬥員一起從後門潛入。

該處是倉庫。架上堆放著成形的金屬、樹脂以及細小的電子零件，應該是機器人的零件。這間工廠表面上的工作是製造產業用機器人的零件，所以沒什麼好奇怪的。不過大概是先入為主的觀念使然，若宮不禁覺得這些物品是「暗殺骨裝」的零件。

雖然自認沒有掉以輕心，但是果然被吸引注意力吧。回過神來的時候，同行的兩人已經被暗處現身的敵人刺傷，若宮自己也踏進刀子的攻擊間距。

該慶幸的是敵方沒使用槍。或許不單純是對方殺手擅不擅長的問題，是庫存零件之中有一些容易燃燒或爆炸的物品。

除去被暗算這一點，對於若宮來說也很幸運。他是調整體魔法師，擅長的魔法是活用得天獨厚之想子保有量的「發勁」——「術式解體」，以及逃離軍隊之前被認為適合使用而接受重點指導的「高頻刃」。他在國防軍的實驗設施被徹底灌輸以「高頻刃」為主的肉搏戰術。

成為暗殺者之後，若宮擅長的戰法同樣是使用刀子的格鬥戰。他的代號「Ripper」原本就是從這種戰鬥風格取的別名。

若宮以深植在體內甚至達到條件反射程度的流暢動作，抽刀擋下殺手的利刃。

若宮的刀子被往回推。他的對手是接受過生化學措施的強化人。肉體的性能是敵方占上風。

不過近戰技術是若宮占上風。他不是單純收刀，是一邊控制力道方向，一邊以空著的左手卸開殺手的刀子。殺手也伸手抓向若宮企圖阻止，若宮卻架開這隻手，反過來讓殺手失去平衡。

剛才被殺手力氣壓得向後仰的若宮退後半步重整姿勢，殺手上半身晃動不穩。

攻守逆轉。

若宮不是突刺，不是硬砍，是如同撫摸般輕柔出刀。

殺手就這麼失去平衡，試著以自己的刀子擋下若宮的刀招。

然而若宮不是深砍也不是突刺，而是重視攻擊次數迅速揮出的刀子，光是格擋也擋不住。即使用蠻力架開，也只會因為用力過度而影響自己的姿勢。

殺手忽然大幅踉蹌。剛才遇刺倒下的其中一名文彌部下，就這麼躺在地上用力踢殺手的腳。

至今以刀子「正常」交戰的若宮，抓準這個大好機會發動魔法。

「高頻刃」。

若宮的刀子發出蜂群振翅般的低沉聲音，將殺手的刀子從根部砍斷，就這麼斬開殺手胸膛。

「——之後交給你們。」

文彌的部下有一人撐起上半身，另一人動彈不得。若宮向兩人留下這句話之後，獨自從倉庫移動到工廠內部。

從側邊窗戶入侵的有希抽到下下籤。

戰鬥已經發生，所以不必執著於隱密性。如此判斷之後以塑性炸藥破壞窗戶獨自入侵建築物的有希面前，是厚厚的牆壁與堅固的門。

冒出不祥預感的有希按下門把入內，和身穿暗殺骨裝的殺手四目相對。

（——這裡是調整室嗎？）

有希在內心咒罵決定攻堅配置的文彌。一看就知道房裡設置各種測定器與工具。這裡是進行暗殺骨裝保修與調整的作業室。說來不巧，有希似乎是在暗殺骨裝剛維修完的時間點衝進來的。

（真是嬌細的外骨骼。）

冷靜的觀察與分析，或許是一種逃避現實的行為。有希沒有先下手為強，而是思考這種事。

（只有上半身的話，稍微寬鬆的外套就藏得住吧？……慢著，不妙！）

身穿暗殺骨裝的殺手朝有希舉起左手。動作流暢又迅速，和民生用動力外骨骼的僵硬動作截然不同。

雖然表層意識逃避現實，潛意識卻沒有忘記戰鬥。不，與其說是表層意識與潛意識，應該說是主意識與副意識，或者是有自覺與沒有自覺的意識。

總之有希無自覺地發動「身體強化」應戰。之所以躲開暗殺骨裝的攻擊，是多虧了加速的反射速度。

殺手的左手伸出尖銳物體。是細樁，或者說是粗針。打出這種尖銳形狀物體的裝置，形容為「打樁槍」或許最好懂吧。

打樁槍的攻擊距離很短。因為是收納在前臂的形式，所以必然以手腕到手肘的長度為極限。說不定不用閃躲也打不中。殺手那邊應該也慌了吧。

彼此的開場都不是職業殺手應有的模樣，不過接下來是一場激戰。重視隱蔽性的暗殺骨裝防禦力等同於零，但是速度比起以超能力加速的有希毫不遜色。

雖說威力受到抑制，但是以這麼快的速度行動，一般來說都會傷害四肢肌腱，骨骼肯定也會受創。裝備暗殺骨裝進行激烈戰鬥的這名殺手，肯定也接受過生體強化措施。

不過暗殺者的工作通常都是單方面在瞬間結束，不然也是在極短的時間結束。展開激烈的格鬥戰並不是暗殺者原本的戰法。

「暗殺骨裝」從名稱就可以知道是暗殺用的裝備。當然也依照暗殺者的戰法進行最佳化。發動「身體強化」的有希速度，等同於「暗殺骨裝」機械輸出的速度上限。要是持續以這個速度戰鬥，優先重視隱密性而削減重量與厚度的骨架就會出現問題。

黑手黨兄弟會的暗殺骨裝，在五分鐘後迎來極限。

如果對手不是有希，肯定可以戰鬥更長的時間。不，如果對手不是有希，戰鬥根本不會拖這麼久。

無法正常運作的暗殺骨裝，對於殺手來說成為妨礙動作的枷鎖。就算這麼說也沒辦法自由脫下。黑手黨兄弟會的殺手，就這麼被黑羽文彌的殺手部下有希揮刀割破喉嚨。

有希踏入工作機械並排的大房間時，該處已經有三名殺手（當然是黑手黨兄弟會的殺手）化為屍體倒地。黑川正在調查屍體身上的物品。大概在確認是否有自爆用的炸彈或毒氣吧。

後門那邊，若宮正在以手槍進行一對一的槍戰。

然後在靠近正門的地方，文彌腳邊躺著一名身穿暗殺骨裝的殺手。宛如損壞的傀儡，絲毫沒有行動的徵兆。八成——不，肯定是屍體。

察覺到有希的文彌轉過身來。

「有希，妳好慢。」

「連十分鐘都不到喔。」

文彌以消遣語氣這麼說，有希以鬧彆扭般的表情回應。

「看來剛才陷入苦戰吧？頭髮好亂。」

有希反射性地摸頭，隨即不高興地扭曲嘴唇。剛才動得那麼激烈，為了避免妨礙戰鬥而盤起來的頭髮已經鬆開，有希不必確認也知道這一點。自己做出像是正常女性那樣在意頭髮凌亂的舉動，有希感到厭惡。

而且是聽文彌那麼說才做的。簡直像是在意文彌的目光，所以對自己雙重火大。

「看來你那邊是輕鬆戰勝。」

有希自認是酸言酸語還以顏色，不過客觀來看只是稱讚。

她這句話單純是事實。文彌打倒以暗殺骨裝做為武裝的殺手，這個事實顯而易見。但是文彌的臉上與衣服都完全看不出苦戰的痕跡。

「不，那個速度讓我嚇了一跳。」

「……反正也『只有』嚇了一跳吧。」

「因為別看我這樣，我也是四葉家的一員喔。」

文彌若無其事的這句回應，有希想不到應對的話語。「四葉家的一員」這幾個字具有不容分說的說服力。

【6】自討苦吃

「有希，差不多該去支援若宮了。」

一邊在暗處移動一邊相互射擊，令若宮陷入苦戰。

「用不著命令我，以你的魔法應該能一次搞定吧？」

有希不悅回嘴的同時，依照文彌的命令前去支援若宮。

【7】無謂的掙扎

位於東京西北方副都心的義大利餐廳。頗具高級感，也經常刊登在觀光客美食地圖的這間店裡，五名東洋血統的俄羅斯人聚集在其中一桌。店裡也有日本顧客，不過他們五人的外貌完全融入其中。聽到他們對話的人，應該會知道他們是外國人，但肯定不會清楚知道是俄羅斯人。

「——那麼進入正題。突擊隊第三班的根據地剛才被襲擊了。」

「我也有收到這個報告。」

他們說的不是「現代」的俄語，是中世紀之前的古老語言。

「第三班除了被警方逮捕的一人之外全軍覆沒。」

「從我國派來入侵的五十六名戰鬥員之中，有十九人出局了嗎？」

「是二十人。被警方逮捕的傢伙長相曝光了，即使被釋放也只能讓他回國。」

他們是為了在達也暗殺作戰負責前線指揮而被派來的黑手黨兄弟會幹部。雖說是幹部，卻不是和高層組織「行會」直接聯繫，真正意義的那種幹部，他們是為了指揮作戰而被派來當地的低階幹部。

他們手上的棋子是兼任護衛的直屬突擊隊第一班十六人、攻擊要員的第二班與第三班各二十人。這兩天失去了其中的三分之一。他們臉上掛著藏不住焦慮的表情。
「雖然早就覺得不是簡單的工作……但是超乎預料。」
「雖然絕對沒有小看……但是『不可侵犯的禁忌』居然如此棘手。」
「說喪氣話也無濟於事。更重要的是接下來該怎麼做？」
「……應該要請求增援吧。然後應該更詳細調查目標對象的護衛體制。」
「這樣不會太天真嗎？這裡是敵地，多花時間是自殺行為，針對我們的包圍網只會縮小。」
「我也這麼認為。停留在日本的時間愈久，我們的壽命就會隨之縮短。還是要抱持這個認知比較好。」
「可是具體來說要怎麼做？目標對象是那個『魔王』。和那些不依賴手下就做不了任何事的政治家或有錢人不一樣。以普通方式下手只會反過來被打倒。」
「抓人質怎麼樣？」
「要拿誰當人質？未婚妻嗎？……不可能。目標對象的未婚妻是『那個四葉家』的直系。應該比目標更受到層層保護，她本人應該也不是毫無戰力。」
「目標對象也不是獨自一人活到現在。可以成為人質的人，不可能只有未婚妻。」
「……說得也是。」
幹部們原本滿是焦躁的臉上，被一道希望之光照亮。他們內心深處知道這只不過是脆弱虛幻的一根稻草，但是精神層面已經陷入絕境，無法正視這個事實。

俄羅斯人的他們，不知道日本人大多知道的「蜘蛛絲」這個殘酷教訓。伸向惡徒的希望之線，會因為自己一念之差就立刻斷開的教訓。

◇◇◇

將企圖暗殺達也的暗殺集團根據地摧毀的隔天，有希依然以綠屋（觀賞用植物管理業者）職員的身分來到ＦＬＴ開發第三課大樓出勤。

潛入的目的是找出狙擊達也的暗殺者，可以的話直接抓起來，並且從逮捕的殺手口中問出根據地。

昨晚確實摧毀其中一個根據地了。但是沒人認為這次的事件會就此落幕。偷渡入境的殺手也不會因為那樣就中止計畫吧。肯定很快就有下一波的行動。有希如此心想，鞭策著沒有完全消除疲勞的身體勤快工作。

為了潛入而選擇的綠屋工作意外地耗費體力。即使穿的是裙襬大幅展開的荷葉邊連身圍裙，但是一反可愛的外表，勞動量非常大。移動花盆的時候是使用附有電動機械手臂的台車，微調位置的時候卻大多不靠機械自己來，蹲下再起身的頻率也很高。而且最重要的是行走距離很長。雖然只是在屋內走動，但是在ＦＬＴ開發第三課值勤的場合，一天大約會走五到六公里吧。綠屋的制服是連身圍裙搭配有跟的樂福鞋，不過有希覺得以這種狀況應該換成球鞋。

用來隱藏身分的工作就像這樣忙碌到沒空在意其他事，但是有希也沒疏於完成原本的目的。

（今天來了這裡啊……幸好沒請假。）

有希在挑高的迴廊偷看達也走在大廳的身影，並迅速掃視周圍確認他身邊是否有可疑人物。有希檢查完將視線移回達也時，不知為何和他四目相對。再次強調，她是在「偷看」達也。自以為沒被發現的有希嚇得瞬間停止呼吸。

達也看向有希的時間只有短短一兩秒。但是有希經過十倍以上的時間才想到要呼吸。

事件發生在午餐時間不久之前，是有希在員工用的休息室（附設全自動咖啡機成為小小的咖啡廳）保養盆栽時發生的事。

達也出現在休息室。

有希全身緊張到僵住。與其說凍結更像是中了石化詛咒的僵硬方式。

達也看都沒看有希一眼。他站在咖啡機前面，不是直接按下沖泡鍵，是自己進行細部設定，按下決定鍵之後也沒有從機器前方離開，就像是等不及咖啡泡好。

意外目擊達也普通人的一面，有希身心的緊張逐漸消除。有希內心某處一直認為達也是沒血沒淚的存在。

不是死神也不是惡魔。惡魔是被天使或英雄打倒的配角，死神是被天命束縛的跑腿。有希打從心底認定達也和這種「小角色」不一樣，是將命運或理論之類的「既定事項」全部踩在腳下，自由又無情的超越者。

不過等待咖啡泡好的達也是極為平凡的青年，從某些角度看起來甚至像是少年。

（這麼說來，記得這傢伙年紀比我小……）

內心冒出溫馨的情感而鬆懈下來，這對於有希來說也是無法避免的結果。

「──！」

然而突然來臨的危機感，使得有希瞬間取回緊張心情。不是達也所引發，會被剝奪自由的那種緊張。是令她做出應戰準備的那種緊張。

──敵人來了。

幾乎在她如此心想的同時，身穿天藍色工作服的人影衝進休息室。

「救命！」

朝著達也如此大喊的人影是年輕女性。

不要被騙。有希在內心低語。她的直覺告知這名女性是「同行」。如果是效力於四葉家的同行──也就是殺手，不可能向生命正在被狙殺的當事人求救。換句話說這個女的，這個女人正是直覺告知的敵人。

女性想要跑向達也。

「不要被騙！」有希這次想要出聲大喊這句話。

但她連第一個字「不」都沒能說出口。

沒有這個機會。

事件在她大喊之前就落幕了。

聽到這聲求救，達也只轉頭看過去。不對，不算轉頭。只以餘光將女性身影納入視野範圍。

在有希眼中，達也看起來像是突然變得巨大。

巨人將整間休息室收在自己的手心——有希冒出這種錯覺。

然後，她感覺到像是輕微暈車的異狀。不算嚴重，只要靜止不動就立刻平息的程度。

但是身穿工作服的女性沒這麼好受。女性臉上表情消失，踏出的腳像是失去支撐體重的力氣般突然屈膝。

女性就這麼向前趴倒在地。

（「發勁」……？）

這幅光景類似同伴若宮使用的「枷之發勁」——麻痺運動機能的無系統魔法。但是威力強太多了。

（這就是這個人的「術式解體」嗎……）

若宮加入有希團隊的時候，文彌向有希他們四人各自出了課題。有希記得當時聽文彌說過，達也的「術式解體」具有超乎常理的威力。

撲倒在地面的女性，甚至沒做出任何防範受傷的動作。

明顯是在倒地前的瞬間失去意識。

不是從臉部，而是從肩膀著地，所以應該不會受太重的傷吧。不過肩胛骨可能裂了。沒被允許做出任何事的女性殺手和自己以前的身影重疊，有希的臉苦澀扭曲。

「榛。」

達也以平淡聲音叫她。

有希沒能立刻察覺達也在叫她。不只是因為被敵方殺手吸引注意力，也是因為不習慣被人以姓氏稱呼。

「——榛有希。」

達也再度向有希搭話。這次的聲音不平淡，帶著「傻眼」的感覺。

以全名呼叫的話終究會察覺。有希身體一顫。

「什……什麼事？」

昔日刻印在她內心底層，伴隨百分百絕望的那份恐懼，成為害怕的情感植入表層意識。光是被達也叫到名字，有希就必須全力抵抗內心想要逃走的衝動。

「那個女的交給你們『處分』。我幫妳運到地下停車場，妳聯絡同伴過來接收吧。」

毫不客氣的命令語氣。

但是有希不覺得反感——無法這麼覺得。

「知……知道了。」

她光是壓抑聲音的顫抖就沒有餘力。

達也默默稍微點頭，取出無線對講機呼叫警衛。

他已經不再注意有希。

◇　◇　◇

在FLT抓到的殺手，有希是在隔天早上從鱷塚那裡聽到偵訊結果。此外因為有緣屋的工作要做，所以有希最近是在「正常時間」醒著。

「……昨天的事件是那個女人過於心急？」

有希以傻眼的聲音反問視訊電話畫面中的鱷塚。

『昨天潛入似乎是為了事先調查。入侵公司內部資訊系統的時候，被不是警衛的某人發現，逃跑到最後湊巧發現那個人。以上好像就是整起事件的經過。然後——』

「等一下。你說的那個『某人』是怎麼回事？」

鱷塚要繼續說明新情報的時候，有希打斷他的話語吐槽。

『據說明明沒有蒙面卻不知道長相，甚至不知道體格是高大還是矮小，也不知道是青年還是老人。』

「……這是怎樣？」

『我想，可能是那個人的私人「影子」吧。』

「慢著，居然說『影子』，你啊……」

至今在忍者類型的連續劇也經常以「影子」稱呼忍者。不過那是在虛構作品的定例。對於現實的忍者有希來說，這種稱呼像是自己同樣被視為連續劇或漫畫描繪的帥氣忍者所以會害羞。

只不過鱷塚從來沒說「影子」是忍者。

『這個某人的真實身分沒什麼特別的問題。』

「哎，或許吧……」

鱷塚稍微強硬回到正題。

『那個女人當時調查的，是「那個人」的父親的行程。』

「『那個人』的父親？記得是……FLT的董事吧？」

『嗯，是總公司了不起的大人物，也是FLT的大股東。』

「……難道是想抓他當人質嗎？」

『看來好像是這樣。』

「根本白費力氣……」

有希表情比剛才還要傻眼。她完全不認為人質對達也有效。

不過仔細想想，暗殺達也這個計畫本身就不可能成功。如今即使在無意義的行為加入無意義的計畫，愚蠢程度也不會改變。

「辛苦你了。」

『話是這麼說，但要是真的被抓為人質，也不能什麼都不做吧。』

「難道會輪到我們處理嗎……？」

『我覺得十分有可能。』

聽到鱷塚的回答，有希表情變得無精打采。

◇　◇　◇

今天是星期六，但是魔法大學沒放假。雖然課程在上午結束，不過亞夜子後來被同為新生的女學生邀約到各個「普通」的社團參觀，所以離開校園的時候已經是傍晚時分。

「有相當『火熱』的視線朝向我們耶。」

和文彌會合，從魔法大學回家的路上，亞夜子將嘴唇湊到弟弟耳邊，以歌唱般的語氣（像是以「♪」取代句點的語氣）愉快呢喃。她明顯當成趣事看待。

「應該是在看姊姊吧？」

相對的，文彌以愛理不理的說法回應。

「你自己明明也知道的。」

亞夜子不改歌唱般的語氣。

文彌明顯嘆了口氣。

「是黑手黨的傢伙吧？」
大概是每次都說「黑手黨兄弟會」很麻煩吧。文彌將敵對組織的名稱省略為常用的形式。
「不過他們鎖定的肯定是姊姊。」
「你明明知道的。」
亞夜子似乎更加愉快般重複相同的話語。
文彌也再度嘆氣。
但是以他的狀況，聽起來和剛才不一樣。是舉白旗投降的嘆息。
「我看起來這麼弱嗎？」
文彌以這句話承認自己被對方鎖定。
大概是先前想抓走亞夜子卻失敗，所以這次改為鎖定文彌吧。從昨天開始糾纏不休的視線，文彌與亞夜子解釋為這個意思。
「我覺得不是壞事喔。因為對方會掉以輕心。」
文彌第三度嘆氣。是今天最深的嘆息。
「不過我是在哪裡被看上的？」
「應該是和達也先生在一起的時候被看見吧？還是因為總是和我在一起？」
「如果是被姊姊牽連，那還真討厭……」
「肥羊會主動送上門，所以反倒應該高興才行。」

「我就是不想要他們送上門喔。主動出擊比較好。」

要是別人聽到這段話，可能會誤以為是女學生在討論如何倒追的對話。不過文彌完全沒有這個意思。

「所以，另一組要怎麼辦？」

監視兩人的視線，不只是來自黑手黨。

「好像也有混入熟面孔的樣子。」

另一組人馬包括了最近頗有緣分的空澤刑警。

「這個嘛……」

亞夜子食指抵在下巴稍微思考。

「分開行動吧。」

然後她這麼提案。

「具體來說呢？」

「文彌你適當引誘那些傢伙現身。我會暗中援護。」

雖然說明很草率，但兩人是出生就在一起的雙胞胎，在黑羽家的工作也是一直搭檔至今的交情。文彌光是這樣就理解亞夜子的意圖。

「那麼找個治安不太好的地方比較好……新宿，不，選在池袋吧。」

新宿與池袋都沒有嚴重到成為無法無天的地帶，治安甚至因為戰後的二次開發而改善。不過在人數與人種都很多的人群聚集地，糾紛也會增加。這已經是無可奈何的事。

「池袋啊，收到……就算被男人搭訕也不可以跟著走喔。」

「誰會跟啊！」

亞夜子笑著如此提醒，文彌正色回嘴。

文彌與亞夜子在池袋車站分開。

亞夜子和自己的護衛兼親信——伴野涼會合，前往車站大樓的美食街。

文彌走出車站，走向整排都是各式業種的商店與娛樂設施的街道。

◇ ◇ ◇

文彌與亞夜子分開行動，打算將兩人當成誘餌而暗中監視的警方也兵分二路。雖然這麼說，但警方人手也沒有充足到過剩，這次只有兩人小組在監視，所以文彌與亞夜子各一人負責。空澤決定跟蹤文彌。

（他是……男的對吧？）

空澤見過文彌，也看過個人情報的資料。從這兩者來看都肯定是男性。但他走在街上的背影要說是男學生還是女學生都可以。不，如果不是事先知道，空澤覺得很可能誤會他是女大學生。

男性和女性的走路方式不同。下半身骨骼的差異表現在腳步。文彌走路的模樣明顯是女性。雖然沒有明顯扭腰，但是毫不做作的這一點更加提升完成度。

大概是要去看電影吧，文彌走向好幾棟影城大樓並排的區域。這附近也有很多以酒精飲料為主的餐飲店，也就是所謂的大眾酒館。女性在這個時段不適合獨自前往。

（他一個人沒問題嗎……？）

（——慢著，不對！）

空澤連忙消除腦中浮現的擔憂。自己完全將文彌當成女性看待，他對此受到打擊。

現在的影城型態和八九十年前大不相同。以傳統大型銀幕讓許多觀眾欣賞相同作品的劇院；即使作品相同卻提供普通家庭不可能設置之高性能VR機器的艙型包廂；一小群人一邊飲食一邊依照喜好享受電影的隨選視聽室等等，如今的電影院有各種播映方式。有整棟大樓網羅所有服務的綜合型影城，也有特化為單一型式的專門型影城。

文彌選的是綜合型的影城大樓。如果是大銀幕劇院也比較容易跟蹤……如此心想的空澤保持距離跟在文彌身後。

◇　◇　◇

文彌選的是傳統大銀幕的劇院。並不是想看某部電影，是因為這樣最方便吸引跟蹤。

（……嗯，有跟過來。）

如果要引誘對方出手，隨選視聽室或是艙型包廂比較適合。但文彌不打算在這裡引起騷動。選擇傳統劇院是為了揪出跟蹤的黑手黨。

無須多說，文彌看起來單獨行動卻不是獨自一人。被分配到的部下當中，擅長隱密行動的成員隨時負責周圍的警戒。平常只有兩三人，不過因為正在和敵方勢力「火拼」，所以是平常兩倍的人數在守護文彌。此外，跟在亞夜子周圍的人數更多。

他們肯定已經清楚記下糾纏文彌的歹徒長相。即使對方今天沒出手，身分也很快會被查明。

文彌假裝沒察覺，僅止於搜尋氣息沒移動視線。就算這樣也知道人數。兩人進入館內，兩人在外面等，合計四人。

文彌試著想像他們是什麼樣的對手，不禁輕聲一笑。從氣息的印象猜測，入內的兩人應該是三十歲左右的男性。不知道這種「老大不小」的男性會以什麼表情坐在那個大銀幕前面。

他選擇的是片長一小時多的小品。充滿不實際的夢想與希望，稍微帶點苦澀的快樂結局，適合年輕女性的愛情片。

劇院裡幾乎都是女性。而且女高中生、女大學生的年齡層占了三分之二。連身旁約會對象的男性看起來都不太自在。文彌如果不是今天這樣的中性打扮，或許也會遲疑不敢入內吧。

（對不起刑警先生了。）

文彌的笑容帶著昏暗的色彩。也可以形容為「笑容變得漆黑」。

文彌自認沒有戀姊情結。不，應該說作夢都沒想過自己有戀姊情結。

不過或許只是他自己沒察覺罷了。

只要看見亞夜子聊到空澤時的笑容，文彌內心就冒出黑濛濛的感覺。話題聊到空澤的次數還算少，所以文彌還沒把這片烏雲和亞夜子的笑容連結在一起。然而他的深層心理知道是什麼東西讓自己的心蒙上陰霾，進而對於稍微惡整空澤感到昏暗的喜悅。

文彌朝行動終端裝置一瞥，走向大樓出口。終端裝置顯示的是來自亞夜子的訊息，通知預定的「準備工作」已經完成。

從影城走一小段路，有一座以都會正中央來說還滿大的公園。不時也會舉辦戶外活動的這座公園被年輕人客群的大眾酒館圍繞。雖然不是這個原因，不過有一種稍微放飛亂來也會被原諒的氣氛。

但這座城市不是無法無天的地帶。這一區甚至稱不上是鬧區。在這種位置的公園任性胡鬧的人一旦增加，點燃正義感志願進行自製活動的集團也會成立，這是常有的事。實際上這裡就組成了自警團，成員是這個地區的大學生與附近工作的年輕勞工。

放飛的自由年輕人與自警團之間當然會鬧出糾紛。而且是常態。

在經常發生這種風波的公園長椅上，文彌悠哉喝著外帶的咖啡。

雖然剛入夜不久，但夜晚就是夜晚。就算周圍沒有變暗，不同於白天自然光的人造光也存在著縫隙，黑暗盤踞在其中。

即使是天還亮的時段，年輕女性單獨位於這種場所，也可能有人誤會是在等待搭訕。現在的文彌被男性搭話也不會過於突兀。就算三十歲左右的男性向「女大學生」搭訕，旁人也會覺得勉強可以容許。

企圖抓走他當作人質的黑手黨兄弟會殺手們，似乎也認為這是大好機會。

「——我在等人。」

「別管了，一起過來吧。」

「我不要！請放開我！」

被殺手抓住手臂拉起來的文彌一邊掙扎一邊含淚大喊。他喬裝成女性的資歷很長，假哭這種小事易如反掌。此外他也從這些經驗理解到，要是現在表現出不上不下的害臊模樣，事後將會留下更加害臊的回憶。

他即將被強行帶走的場面，持續跟蹤至今的空澤刑警也看在眼裡。他的困惑愈來愈深。

（他是男的……對吧？）

手被抓住，（看似）拚命想要甩開的文彌模樣，只像是被男人纏上而為難的女學生。

這份困惑使得空澤慢了一步。

「你在做什麼！她不是在抗拒了嗎？」

三男一女的年輕四人組跑到文彌身邊。他們左手臂掛著相同的臂章。是在池袋活動的大型自警團成員。

殺手與自警團之間產生摩擦。自警團的三名男性組成人牆和兩名殺手對峙，女性自警團員將文彌拉離殺手。

這些殺手是從俄羅斯派來的職業殺手，不是地痞流氓。自警團在他們眼中只是一群外行人，只要有心可以輕易取走性命。所以他們反而不知所措。不同於地痞流氓，專業的他們不喜歡引發不必要的騷動。

「妳走吧，離開這裡！」

自警團員的女性朝文彌大喊。她不知道真正處於危險狀態的是自己。

「好……好的！謝謝您！」

文彌理解這一點，毫不猶豫逃走了。

看見這幅光景，空澤愣住了。陷入「傻眼到說不出話」的心情。

但他錯愕的時間不到一秒。

空澤也有掌握殺手人數。也在意走出影城大樓時分開行動，現在不在這裡的兩人動向。

而且他接到的命令是要以黑羽家姊弟為誘餌，查出偷渡入境俄羅斯人犯罪組織的根據地。空澤隸屬的這一班沒聽任何人說明黑手黨兄弟會的細節，只知道是俄羅斯黑手黨。

公安的上司賦予他的任務不是逮捕殺手，也不是保護平民。

但是即使會違背命令，空澤也不能對眼前的善良年輕人見死不救。

「——我是警察！給我安分一點！」

察覺到殺手想要將手伸進懷裡，空澤怒聲大喊。

殺手與自警團同時轉身看向空澤。

自警團的青年們臉部因為慌張而僵住。

反觀兩名殺手的右手伸進外套內側的左方腋下。

已經往前跑的空澤用力蹬向柏油路面。

空澤在半空中飛馳。

他和殺手的距離有十公尺以上。中間也有人行道的護欄。

然而在眨眼之間——經過眨眼一次的時間後，空澤站在殺手眼前。

殺手從懷裡拔出手槍。

空澤右手手指一彈，是彈射某個物體的動作。

在殺手瞄準之前，他肩頭就發生小小的爆炸。不是足以炸斷手臂的規模，威力卻足以讓兩名殺手放開手槍。

就像是後知後覺，位於公園的人群中間發出尖叫聲。

自警團青年背對這裡逃走。空澤對此心懷感謝。要是貿然發揮英雄精神也只會礙事。

殺手蹲下想要撿槍。

空澤再度彈指。

殺手伸向手槍的手發生新的爆炸。

空澤彈射的不是先前在植物公園使用的黑色火藥，是揉成顆粒的塑性炸藥。沒有引爆裝置的這種炸藥之所以不是燃燒而是爆炸，不用說當然是因為他的魔法。

空澤是歸類為「忍術使」的古式魔法師，家傳的魔法是高速移動與火藥的操作。祖先只能使用狹義的火藥，不過在炸藥普及之後也適用。

他無法使用在空無一物的地方發生爆炸的魔法。即使有石油或液化石油氣之類的可燃物。在裝在密閉儲存槽的狀態也無法引爆。空澤能操作的始終是火藥與炸藥。

而且也必須預先碰觸。不必用手，只要以身體某處接觸就可以滿足條件，也不必直接以皮膚碰觸，真要說的話光是以鞋底踩踏也能以魔法引爆。但如果是完全沒碰觸過的火藥或炸藥，即使就在他眼前也無法以魔法操作。例如子彈裡的火藥也可以成為魔法作用對象，但他無法讓極近距離瞄準自己的槍爆炸。

很難說這是好用的魔法。不過在敵方眼中，是在毫無時限裝置或引爆裝置的地方突然發生爆炸。奇襲的擾亂效果很好。

現在的兩名殺手就因為亂了陣腳導致動作變遲鈍。即使爆發的威力不足以封鎖反擊能力，殺手也沒有拔刀、揮拳或是撲過來扭打。

空澤沒放過這個空檔。對方還沒重整態勢之前，他就以神速的上段踢踢倒兩名殺手。

高速行進的魔法不只是干涉自己身上作用的重力與慣性，也操作自己的身體。再怎麼減少重力與慣性的負荷，要是沒有改變雙腿的轉速就無法發揮超乎常人的速度。雖然效率不如現代魔法的自我加速魔法，但是空澤繼承的魔法也包括了加速雙腿，並且連帶加速身體動作的技術。

即使這兩名殺手也是強化人，不過以魔法加速的這一踢直接命中太陽穴，他們無法好好維持意識。

◇ ◇ ◇

跟蹤文彌的殺手是四人。但這不是全體成員。

綁架的時候需要有自動車把人質帶走。為此準備的車當然正在待命。

即使在公園被文彌逃走，另外兩人也要合作封鎖文彌的逃亡路線，將他趕進待命的車上。這就是黑手黨兄弟會他們的作戰。

而且文彌他們也早就料到對方有準備帶走人質用的自動車。

『文彌，布局完畢。』

以即使在都市人群裡也不突兀的速度奔跑逃走的文彌，耳朵傳來亞夜子的聲音。不是魔法，是從戴在耳朵以頭髮隱藏的通訊機聽到的聲音。

「收到。」

文彌以呢喃般的細微聲音回應。脖子上的短項鍊會將喉嚨的振動轉換為聲音傳送，所以不必大聲說話。

『我在車站另一邊的計程車上車處等你。』

「我立刻過去。」

文彌停下腳步，結束通話。

然後原地轉身。

追在他身後的黑手黨兄弟會俄羅斯人（擁有東亞民族外貌，非斯拉夫裔的俄羅斯人）停下腳步，將意外感表露在臉上。

文彌朝這名俄羅斯人踏出腳步。

俄羅斯人的意外感變成驚訝與狼狽。映在他眼中的文彌樣貌和剛才判若兩人。

「你這傢伙，原來不是女的嗎……！」

殺手集團俄羅斯人說出的話語，是他母國的語言。目前走在這條路的行人之中，沒人聽得懂俄羅斯語——除了文彌。

「不是調查過我的事情嗎？」

可惜文彌還只是聽得懂卻不會說的程度。不過即使會說俄語，他也不想特地配合對方。

俄羅斯人睜大雙眼。這名殺手慌張將右手伸向外套內側左方腋下的槍套。

文彌咧嘴一笑。這張笑容比容貌更讓殺手留下美麗、妖豔又殘酷的印象。文彌臉部的工整程度高於常人標準，卻遠遠比不上深雪或光宣。不過他這時候的笑容具有和兩人共通的非凡性質。

文彌左手小指的圖章戒指發出想子光。擁有魔法知覺的人才看得見的非物理光輝。

文彌收起笑容，再度轉身。

同時有「兩名」俄羅斯人倒在路面。

文彌無視於背後發生的騷動，走向車站的另一邊。

融入人群的文彌身影，看起來只像是年輕嬌弱又迷人的女學生。

◇◇◇

「文彌，有一個壞消息。」

文彌一坐進自動車，亞夜子就這麼說。

「發生了什麼事？」

亞夜子嘴裡說是壞消息，語氣卻沒有急迫感。文彌反問的聲音也缺乏嚴肅氣息。

「達也先生的父親成為人質了。」

「——啊？」

但是消息的內容震撼到奪走文彌的平常心。

【8】告一段落

這天，司波龍郎造訪FLT的東埼玉工廠視察。因為托拉斯．西爾弗的登場，FLT成為世界級的CAD製造大廠建立穩固的地位，不過原本是生產優質魔法工學零件的知名企業。前埼玉縣東南部的東埼玉工廠是製作這種魔法工學零件的主力工廠。

不限於FLT，高度自動化的工廠都是不分假日全年運作。作業員是輪班制。

龍郎現在是管理FLT生產部門的董事，被認為兩年後肯定晉升為常務董事。他是FLT的最大股東，什麼時候就任為社長都不奇怪。其實FLT真正的老闆四葉家當家四葉真夜不支持龍郎，但是不知道這個內情的一般董事與管理幹部，很多人會在他身旁阿諛奉承。因此視察完畢之後自然會設席款待。

事件是在一行人從工廠移動到款待的高級日式餐廳路上發生的。自動車遭受襲擊，龍郎被歹徒擄走。

不過雖說龍郎本人被本家疏遠，FLT依然是四葉家的家族企業。事件發生之後的應對速度很快。

警方立刻出動，擄走龍郎的綁架犯車輛沒能抵達自己的根據地，不得不逃進預定重建的購物中心。

這裡在開業當初是國內最大規模的購物中心而成為話題，但開業經過將近一個世紀，改裝已經達到極限，所以決定全面重建，現在對外封閉。綁架犯帶著龍郎進入這棟還沒拆除的建築物。

「——綁架案大約在三十分鐘前發生，逃進購物中心是大約十五分鐘前的事。」

「……難道這也是那些傢伙幹的好事？」

「沒錯。」

亞夜子的回答果斷到令文彌感到疑惑。

「……這是三十分鐘前的事件吧？再怎麼說也太快查明了吧？」

「綁架案發生沒多久，我收到奈穗的報告。」

「奈穗？」

亞夜子的回答出乎預料，文彌更加不解。

「你知道昨天在町田的ＦＬＴ發生了一個小小的事件吧？」

「嗯。是達也先生抓到女性暗殺者的那個事件吧？」

「奈穗說偵訊那名女性暗殺者之後，得知達也先生的父親似乎被他們鎖定了。」

「……可是我這邊沒收到這個報告。」

有希的團隊與其說是黑羽家的部下，應該說是文彌的部下。如果有重要的情報，照道理確實應該先回報給文彌。

「偵訊的結果不是很明確，所以好像是想要稍微證實再報告。他們認為這件事沒那麼重要，我覺得這個判斷沒錯。」

「這，或許吧……不，沒錯。」

亞夜子與文彌都知道，龍郎昔日不只是瞧不起達也，連深雪的想法都不重視，因此姊弟倆對於龍郎都沒有好感，甚至懷抱厭惡感。龍郎是達也的親人，所以亞夜子與文彌在最後不會見死不救，卻也不想積極拯救，這是姊弟倆無庸置疑的真心話。

「所以達也先生與深雪小姐那邊呢？」

「已經通知了。他們說交給本家處理。」

「這樣啊。」

「警方已經在處理，所以無論達也先生實際上怎麼想，應該也很難動用實力解決吧。」

幸好接送龍郎的人們也沒人犧牲。如果還沒驚動警方，達也只要「消除」犯人，就可以輕易讓這個事件變成沒發生過。

不過事件已經被警方得知。在這個階段，要是那群綁架犯不自然地消失，應該會被懷疑以魔法殺人。這對於達也以及四葉家來說都是不能忽視的風險。

「假設警察還沒開始處理，只要深雪小姐不想這麼做，達也先生就不會出手吧……」

文彌在自動車的座位思考。他沒察覺自己一提到深雪的名字，亞夜子的表情就消失了。

「……好，派有希的團隊去處理吧。」

「派有希小姐他們？」

亞夜子沒料到文彌會這麼決定。她因而以「意外感」的形式取回表情。

「請本家施加壓力，讓警方避免採取強攻手段，然後派他們趁機收拾綁架犯。以這個方向進行吧。」

「我覺得這個計畫不差……但是有必要讓有希小姐他們做到這種程度嗎？」

「昨天的暗殺者，達也先生不是交給有希偵訊嗎？但是有希把問到的情報保留在手邊，這是錯的。沒重視達也先生的意向。」

「……所以是當作懲罰嗎？」

「上次打過之後就知道了。那種等級不會是有希與若宮的對手。」

文彌說著取出語音通訊終端裝置。

「——我是文彌。有希，現在可以出動嗎？」

聽到文彌早早就對有希下令，亞夜子以自己的終端裝置呼叫本家。

◇ ◇ ◇

接聽文彌電話的時候，有希已經在前往現場的路上。

「——文彌大人怎麼說？」

有希結束通話之後，坐在駕駛座的鱷塚發問。

「他說要除掉所有綁架犯。」

「果然輪到我們處理了嗎……」

坐在副駕駛座的若宮夾雜嘆息這麼說。除了有希與鱷塚，若宮與奈穗也在這輛車上。換句話說是團隊全員出動。

他們在這個時間點就在前往犯人藏身現場的購物中心（停業中）路上，是因為他們預測將會發生綁架案，預料到時候自己會受命出動，預先竊聽司波龍郎所在地的警方無線電。

「話說有希小姐，文彌大人的命令不是救出人質，是除掉綁架犯嗎？」

坐在若宮旁邊的奈穗以納悶聲音詢問有希。

「那當然吧。」

問這種問題的奈穗比較奇怪。有希以這樣的語氣回應。

「我們是殺手喔。殺手沒辦法救人，能做的事情只有殺人。」

而且接下來的話語內容，和輕浮的口吻相比頗為沉重。

「這次的命令是格殺勿論，如此而已。沒像上次那樣指示步驟。」

有希說的「上次」是進攻房總半島北部根據地那時候的事。

「這次沒有文彌或是黑羽家的人，但也不必在意那些傢伙。既然怎麼做都沒關係，那就可以輕鬆戰勝了。」

有希露出懾人的殺氣這麼說。語氣也像是在說給自己聽。

◇ ◇ ◇

犯人和人質一起躲進購物中心（停業中）最南邊的建築物。進入立體停車場的頂樓，以爆裂物封鎖上樓的坡道。

坦白說，這就像是主動讓自己成為甕中鱉的行為。只覺得是把逃走置之度外。說不定是等待同伴以直升機或小型ＶＴＯＬ前來搭救的做法。

犯人用來綁架的車子是大型休旅車，不過後來有一輛小型密斗車（貨車）前來會合。聽到這件事的有希認為那輛密斗車有載運暗殺骨裝。說不定是正統的軍規動力外骨骼。

「奈穗從旁邊的樓頂援護。鱷塚麻煩輔助奈穗。」

抵達現場的有希看著犯人所在的立體停車場，做出這樣的指示。

「有希，我們要怎麼做？」

若宮詢問有希。

「我爬牆上去。若宮你用自己的做法潛入吧。」

「這樣啊。那我從店鋪入口過去吧。」

「讚喔，正面突破嗎？」

有希笑著握拳向若宮示意。

若宮以自己的拳頭輕碰有希的拳頭，然後按照自己的宣言前往倒閉的店鋪。

「有希小姐，請小心。」

奈穗不是以代號，而是以本名向有希搭話。

「混蛋傢伙，要叫Nut。」

「唔，人家不是混蛋啦。」

兩人拌嘴之後，有希前往立體停車場，奈穗前往旁邊的租賃大樓。

鱷塚只以關心的眼神看向有希一次，然後追在奈穗身後。

◇◇◇

「我說過很多次，抓我當人質也沒用的。」

被抓為人質的龍郎，在被綁住關進來的休旅車裡，平淡說出不知道是第幾次的這段話。

沒有任何聲音回應龍郎這段話。綁架犯都是從新蘇聯偷渡入境的非斯拉夫裔俄羅斯人，但是都具有日語對話能力。他們不是聽不懂龍郎的話語，是覺得和他對話根本徒勞無功。

無論是威脅還是修理，龍郎都維持這種置身事外般的說話方式。與其說不珍惜性命，更像是對自己性命漠不關心的態度。

「現在的我對於四葉家來說沒有價值。對於達也來說不只是死人，更是單純的資料。我只是存在於文件上的人，那個男的不可能為了我而動用任何一根手指。」

不知道什麼事情好笑，龍郎發出自嘲的笑聲。剛開始怒罵「有什麼好笑！」的綁架犯們，如今也只以不舒服的眼神看他。

低沉的笑聲逐漸消失，龍郎以疲憊厭世的聲音，再度說著無人回應，像是自言自語的話語。

「只不過，只要那個男的動用任何一根手指，一切將就此結束。我和你們都會一起『消失』吧。那個男的沒有理由讓我繼續存在。在那個男的心目中，這可以說是大好機會。」

這次龍郎沒發出聲音，只在臉上露出自嘲的笑。這張笑容虛無到令人毛骨聳然。

「換句話說我們是生死與共，意外成為了命運共同體。」

「閉嘴！」

坐在龍郎旁邊的綁架犯終於怒吼了。

龍郎乖乖閉上嘴巴。

不過大概光是這樣無法消氣，剛才怒吼的綁架犯以繩索綁住龍郎的嘴。

「……早知道一開始就這麼做。」

這名男性以不屑的語氣自言自語。

其他男性不發一語。這名男性也沒有繼續多說什麼。

休旅車內迎來一陣寂靜。

然而……

——只要那個男的動用任何一根手指，一切將就此結束——

龍郎說出的不祥預言，像是詛咒般縈繞在綁架犯們的腦中。

◇◇◇

「犯人還沒提出要求嗎？」

聽到「還沒有！」這句回應，轄區警察署所屬的警部皺起眉頭。

他被署長親自命令負責現場指揮，解決管區裡有重要企業董事被綁架的這個案件。

「綁架之後被逼入境，卻也不提出任何要求……這些犯人到底在想什麼……」

警部不只是困惑而是苦惱。多虧這次很早通報，所以沒讓綁架犯逃之夭夭，順利追趕為甕中捉鱉的狀態。

但是人質在罪犯手上，在這個狀況不能輕易採取強攻法。照道理在這種場合，犯人的要求會成為突破僵局的線索。可以在條件上討價還價，誘使對方疲憊與大意，也可以假裝接受要求並且設下陷阱。在最壞的狀況也可以選擇接受要求，等到人質獲釋之後重新嘗試逮捕。

然而要是犯人什麼都不說，就只會維持膠著狀態。強攻法伴隨著風險，如果時間拖延太久，就必須承擔風險下定決心攻堅，但是案件發生至今還沒經過一小時。

要在這個狀況強行進攻，至少需要徵得人質家屬的理解。不過家屬經由人質擔任董事的企業告知的意向是「安全第一」。

充分可以理解人質的家屬會這麼想，反倒應該是理所當然吧。即使如此，警部基於立場還是不禁感到煩躁。

（說起來，「重要企業」是什麼意思……？）

被署長下令出動時聽到的這四個字，不知不覺吸引警部的注意。警部也知道人質擔任董事的FLT大名。是從三年多前在一般新聞也常聽到的名字。然而不是「大企業」或「知名企業」，「重要企業」是什麼意思？有什麼特別的意義嗎？

（難道是和政治家有關的企業嗎……？）

若是這樣，這起綁架案或許也有政治背景。

這種想法掠過腦海，令警部感到憂鬱。

◇　◇　◇

立體停車場的外牆有細長的柱子與小小的凹凸，不缺攀爬的支點。但是以普通人的握力不可能抓著這種小小的支點支撐身體。即使是受過訓練的特務，例如習得特殊忍術的忍者，如果沒有專門的工具應該不可能爬上這道牆。

有希只以戴著防割手套的手，沒使用工具就攀爬外牆。這是靠著身體強化的蠻力展現的強橫技術。

有希也有用來讓身體固定在牆上的工具，而且也使用過。但是很不巧的沒有帶來這裡。無論是精神上以及時間上都沒有餘力專程回去拿，所以有希以自己的異能與體術挑戰爬牆。

雖說是挑戰，但她從一開始就不覺得很難。她看見現場的第一個感想是「看起來很好爬」，實際挑戰的結果也是迅速就到達樓頂。

有希現在是從樓頂扶手外側觀察裡面的樣子。用來綁架的休旅車停在樓頂中央稍微接近店鋪的位置。旁邊是小型密斗車。人質肯定在休旅車上。

她在腦中模擬接近休旅車的步驟時，一名綁架犯從休旅車的副駕駛座下車。這名男性走向密斗車，手上的遙控器朝向車斗。

這輛密斗車的車斗是上掀式的。在遙控器的操作之下，箱型車斗的側面整個開啟。

男性爬上車斗。裡面是被金屬骨架圍繞的粗獷椅子。

（動力外骨骼……不是上次看見的暗殺用規格。難道是軍用的？）

有希在內心輕聲說著椅子的真面目。

男性一坐在椅子上，外骨骼就接連自動安裝。

另一名男性從密斗車的副駕駛座下車。這名男性也爬上車斗，坐在外骨骼的自動裝備裝置。

兩名男性都不到兩分鐘就裝備完畢。從車斗下來的男性們手腳表面，多了一層散發深色光輝的金屬骨架。

或許是理所當然，不過倒閉店鋪的電梯是關閉的。若宮使用逃生梯來到樓頂。

稍微打開逃生梯的門，偷看停車場的狀況。該處只停了休旅車與密斗車這兩輛車。距離若宮現在的位置約十公尺。

密斗車的側面是掀開的。裝備動力外骨骼的兩道人影從車斗下來了。不是在房總半島根據地交戰過的暗殺用外骨骼。

曾經是國防軍士兵的若宮一眼就看出真相。那是國防軍工兵隊以前使用的，上一世代的動力外骨骼。雖然不是戰鬥用而是工程用，不過對付輕型武裝的普通警察具有過於充分的戰鬥力。

大概是國防軍官兵私下轉賣的東西。

或者是從廠商那裡外流的東西。

——無論如何，以手邊武器正面交戰的話是這邊不利。

如此心想的若宮就這麼躲在門後，開始提升體內的想子壓。

奈穗在旁邊大樓樓頂確保了適合狙擊的位置，著手準備槍枝。

將沒依賴男性而是自己帶來的箱子打開，組裝狙擊槍。

她旁邊的鱷塚將望遠鏡放在眼睛前面。

「——距離六十五，落差負五，風是兩點鐘方向，風速一公尺。差不多是這樣吧。」

「謝謝。」

奈穗向鱷塚道謝，在數位瞄準鏡輸入剛才聽到的資料。

狙擊槍的瞄準鏡映出走在停車場邊緣的動力外骨骼。

「鱷塚先生，我可以朝那個開槍嗎？」

「哪個？正在往左側移動的動力外骨骼嗎？」

「是的。」

「恐怕有加裝防彈護甲喔。要收拾應該很難吧。」

「但我覺得剛好可以成為不錯的契機。」

「說得也是……」

鱷塚思考三秒左右。

「確實，當成開戰契機的話我覺得不錯。Nut與Ripper好像也準備好攻堅了，准許狙擊。」

擔任團隊司令塔的鱷塚許可之後，奈穗頭也不動地回應「要射擊了」。

沒有槍聲。以魔法消除聲音而且增加直進性的次音速大口徑子彈，精準命中裝備動力外骨骼的綁架犯。

動力外骨骼大幅傾斜。雖然多虧自動平衡器所以沒摔倒，但是機體陷入需要使用所有資源才能回復姿勢的狀態。

這是可以形容為一瞬間，極短時間的破綻。

然而對於有希以及若宮來說，成為了足以下定決心進行奇襲的契機。

兩人沒有預先說好就同時發動攻擊。

若宮將剛才在體內壓縮的想子轉換為砲彈射出。

在九重寺累積修行的他，「術式解體」現在的射程距離延長到二十公尺。在休旅車前方警戒店鋪方向入口，也就是若宮藏身場所的外骨骼綁架犯，被能夠麻痺運動神經的「術式解體」——「枷之發勁」直接命中。

正在重整姿勢的動力外骨骼停止動作。一般的外骨骼會依照裝備者的動作來運作。即使在自動平衡器運作的時候，只要裝備者違抗這個動作，平衡器就會停止運作。這是避免動力外骨骼的動力傷害到裝備者身體而內建的安全裝置。

即使自動平衡器正在運作，只要裝備者沒追隨這個動作，或是沒有完全放鬆任憑機械動作，平衡器就不會正常發揮功能。這是動力外骨骼之所以需要進行適應訓練的最大重點。

若宮使出能夠麻痺運動神經的「術式解體」，裝備者的身體不是因而脫力，而是僵直。僵直的結果，動力外骨骼的自動平衡器緊急停止。

修正姿勢的動作被中斷——機體連同裝備者倒在停車場地面。
只不過這具動力外骨骼是軍用，而且是工兵隊用的規格，不會只因為倒下就損壞。
理解這一點的若宮，在「枷之發勁」失去效果，動力外骨骼再度運作之前，衝過去要給予致命的一擊。

有希不想正面對付動力外骨骼。
一口氣翻越停車場扶手的她，化為疾風衝向休旅車。
從一開始就讓「身體強化」全力運作，從動力外骨骼的旁邊經過。
動力外骨骼從左手前端伸出利刃，想要斬開有希的身體。
然而利刃沒能捕捉到有希。
軍用動力外骨骼的威力與堅固程度優於暗殺用動力外骨骼。但是反應速度是先前在房總半島對付的暗殺骨裝比較快。
這次的敵人不只是手槍還持有衝鋒槍。裝備動力外骨骼的綁架犯——黑手黨兄弟會直屬的暗殺者右手也握著衝鋒槍。
槍口瞄準有希的背。
然而有希就像是背後長了眼睛，迅速跳向側邊。
有希踩著左右不規則的腳步，沒放慢速度繼續飛奔。

在後方狙擊她的動力外骨骼裝備者，沒能追尋有希的身影。殘影留在視網膜，無法辨別身影的虛實性。

休旅車副駕駛座走出一名手持衝鋒槍的男性。

有希已經進逼到近處，這名男性將槍口朝向她扣下扳機。

全自動射出的子彈貫穿有希的殘影被吸入夜空，在停車場路面反彈，部分子彈命中有希後方蓄勢出擊的動力外骨骼裝備者。

裝有防彈護甲的他只受到衝擊，沒受到致命傷。

然而射中自己人的男性難免慌張。

有希從男性的視野消失。他最後看見的有希是殘影。

男性脖子被深深割破，朝周圍噴出鮮血。

有希以眼睛看不見的速度繞過休旅車，以刀柄打破駕駛座車窗，刺殺坐在該處的男性。這名男性手握的手槍槍口，還朝著副駕駛座的方向。

「Shell，打得中頭部嗎？」

「我試試看。」

依照鰻塚的指示，奈穗改變狙擊槍的目標。動力外骨骼以架著衝鋒槍的狀態停止動作，想要瞄準有希的背。

狙擊槍裝填的是大口徑的全金屬被甲彈。

動力外骨骼裝備者以頭盔保護頭部，但是以慣性增幅魔法提高直進性的子彈一旦直接命中，威力就足以射穿以樹脂增加硬度的強化纖維。

奈穗瞄準的時間，只有吸氣再吐氣的一次呼吸那麼短。

奈穗停止呼吸，扣下扳機。

以消音魔法無聲發射的子彈，讓動力外骨骼裝備者的頭部綻放華麗的血花。

衝向倒地動力外骨骼的若宮右手，握著他愛用的大型戰鬥刀。刀刃長達三十公分的這把刀，是為了能夠承受他的魔法而打造的特製品。

倒地的動力外骨骼伸手撐地起身。

若宮橫揮刀子砍過去。

動力外骨骼舉起右手，想要以合金製的骨架擋下刀子。

若宮的刀子發出尖銳刺耳聲響，平順切入動力外骨骼的骨架。

刀刃將合金製骨架像是融化般斬斷。

是若宮的拿手魔法「高頻刃」。

超高速振動的刀刃斬開骨架，砍斷裝備者的手臂，進入對方喉頭。

若宮將刀子揮到底。

回濺的鮮血盛大濺溼若宮。

動力外骨骼裝備者戴著頭盔的頭部，以脖子皮肉有三分之一連接的狀態，從身體無力垂下。

有希給予密斗車駕駛致命一擊，綁架犯全軍覆沒。

留在休旅車裡的龍郎，直到察覺異常的警察趕來，都以繩索綁住嘴巴的狀態昏迷不醒。

◇◇◇

「……辛苦了，做得很好。善後工作不必在意，今天就好好休息吧。」

文彌不是以住家的視訊電話，而是以行動終端裝置通話結束之後，「有希小姐打來的？」亞夜子這麼問。

亞夜子與文彌已經暫時回到調布的自家。但是沒換上居家服，依然是剛回來時的模樣。從氣氛看起來，感覺他們兩人還要出門一趟。

「嗯，沒錯。她說人質的事件解決了。」

對於亞夜子的問題，文彌輕輕點頭如此回答。

「達也先生的父親平安無事嗎？」

雖然亞夜子嘴裡這麼說，態度看起來卻沒有很擔心。

「聽說只有被打了幾拳的痕跡，沒有太嚴重的傷。」

「這樣啊……大概是說了什麼話激怒犯人吧。」

「我也這麼認為。」

亞夜子與文彌對於達也親生父親司波龍郎的評價都很低。而且說實話，這個人對他們來說一點都不重要。龍郎至今對待達也的方式難以原諒，但是達也自己完全不在意，所以亞夜子他們也不以為意。

「話說姊姊，『布局』的那部分怎麼樣了？」

一改至今有點不負責任的態度，文彌以嚴肅眼神看向亞夜子。

「你是說發訊器嗎？」

「也有設置竊聽器吧？」

剛才文彌在池袋逃離黑手黨兄弟會成員的時候，亞夜子布的局就是這個。她命令部下查出對方為了帶走文彌而準備的自動車，在那輛車上安裝發訊器與竊聽器。

「竊聽器是順便的。我不認為聽得到有價值的對話。」

「這樣啊。反正無論如何只是要摧毀，所以知道地點就好。」

文彌說完以眼神催促回答。

他想要的情報，是黑手黨兄弟會設為達也暗殺作戰司令部的根據地位置。

亞夜子也理解這一點。

「在池袋。」

所以她在視線的催促之下簡潔回答。

「……池袋嗎？」

文彌之所以露出困惑表情，是因為敵方根據地就在自己直到剛才跑遍的城市，這個事實令他納悶。如果剛才先知道這個情報，明明不必特地回到調布，而是一次就能解決……他如此心想。簡直可以說是多費一番工夫，應該說多跑一趟。

「詳細位置在這裡。」

亞夜子經由家用伺服器，將行動終端裝置的資料顯示在牆面螢幕。是稍微位於池袋外圍，比較老舊的大樓林立的一角。

「記得這附近在橫濱事變那時候，是不是有大亞聯盟的工作據點？」

「就是旁邊的大樓。」

聽到亞夜子的簡潔回答，文彌板起臉。

「……把這個區域徹底打掃一次比較好吧？」

「這不是我們的工作。不過，也對……就請負責這個工作的人們清理乾淨吧。」

亞夜子露出與其說是小惡魔更像是惡女的笑容。不對，這張表情雖然不安好心卻沒有失去品格，所以或許應該形容為「反派千金」的笑容。

「負責這個工作的是……公安？那裡不是還很亂嗎？」

理解到亞夜子要把這份工作塞給誰，文彌皺起眉頭。

公安在去年發生了內部抗爭。上個月才好不容易平息。

「不是正因為出過糗，所以更願意努力嗎？」

「如果他們有自覺是出糗就好了……那麼，這方面交給姊姊吧。」

「哎呀，提議要打掃的是你喔。而且『家裡的工作』不是你會努力去做嗎？」

之前說的話被拿來重提，使得文彌板起臉。他確實說過自己想致力於黑羽家的工作，所以在大學建立人脈的工作想要交給姊姊負責。但是這個提案肯定不是意味著所有麻煩的工作都由他一手包辦。

「……知道了啦。等到這個事件告一段落，我就放出情報。」

不過文彌不得不承認，那個提案也可以解釋為「大學交給亞夜子，家裡的事情交給文彌」的分工就此定案。而且他不想讓亞夜子和公安有所往來。

文彌主動接下麻煩事的背後，存在著目前外派到公安的空澤身影，以及不想讓亞夜子見到空澤的願望，他對此沒有自覺。

「黑川。」

文彌走到牆邊的控制台，按下無線電按鍵呼叫。

『少主，您找屬下嗎？』

立刻傳來回應。

「要出動了。召集能使用『毒蜂』的人員。」

『遵命。』

文彌關閉無線電轉過身來，向亞夜子說「我去換衣服」。

◇◇◇

雖說是副都心的星期六，不過到了深夜，近郊的這個區域已經沒有人影。像是避人眼目般蓋在巷弄裡的大樓內部，甚至連大馬路來往的車聲也幾乎聽不到。

同時，也沒人能在大樓外面聽到內部的聲音。

這棟大樓裡接連發出的死前慘叫聲，除了當事人之外沒人聽到。

不，即使是身為當事人的犧牲者，在輪到自己之前都聽不到死神的腳步聲。

慘劇在沒被任何人察覺的狀況下肅靜進行，在沒被任何人察覺的狀況下落幕。

「——少主。」

「真豪華的房間。和老舊的外表大不相同。黑川，你不這麼認為嗎？」

背後傳來呼叫的聲音，文彌頭也不回這麼說。他俯視的地面，有一具從高價皮椅跌下之後痛苦翻滾，在最後斷氣的男性屍體。

「資料抽取完畢。回去之後再進行解析。」

黑川沒回應文彌的話語，進行事務性的報告。

「沒有人還活著吧？」

文彌轉身詢問。

「這部分也確認完畢了。」

這次主僕之間的對話成立。

「還有，公安正趕往這裡，預計在十分鐘左右抵達這棟大樓。」

「公安也不是無能的傢伙，起碼應該有盯上這裡吧。」

「屬下認為您說的對。」

「傷痕有偽裝吧？」

「萬無一失。」

文彌在這麼說的同時，低頭看向自己手上的有線電擊槍。

他們剛才和護衛們一起收拾了在東京負責指揮暗殺的黑手黨兄弟會低階幹部。殺害手段是黑羽家的暗殺魔法「毒蜂」。是將暗殺對象認知到的痛楚持續增幅至死的術式。

不過「毒蜂」是不留下致命傷痕跡，不讓別人發現是他殺的殺人魔法。在像是這次一口氣收拾十人以上的場面，要是沒有致命的傷勢或殘留毒物，會令警方格外起疑。

這次的對策是讓暗殺部隊所有人攜帶有線電擊槍。以電擊槍產生痛覺之後使用「毒蜂」增幅殺害對方。

雖然看起來像是拐彎抹角，但這次使用這個魔法，是黑羽家發給黑手黨兄弟會的訊息。如果對方知道「毒蜂」，應該會明白這是黑羽家下的手。這是在警告他們如果敢對司波達也——對四葉家的人出手，就要做好被黑羽殺害的心理準備。

即使不知道死因是「毒蜂」也無妨。沒查到黑羽家的魔法——意味著黑手黨兄弟會的情報收集能力只有這種程度。

「撤吧。」

「遵命。」

黑川向文彌行禮之後，朝著通訊機說「全員撤退」。

後來經過不到一分鐘，老舊外觀的大樓裡，「活人」的氣息全部消失了。

◇◇◇

隔天的星期日，文彌與亞夜子造訪達也住處。

「——司令塔已經摧毀，但可能還殘留少許的執行部隊。不過這部分也預定會在本週收拾完畢。」

「這樣啊。兩位都辛苦了。但是不需要這麼急喔。」

聽完文彌親口進行的報告，達也以慰勞回應。

「雖然是不必要的擔心，不過文彌與亞夜子你們也不要做出太危險的事喔。」

親自端飲料過來的深雪，將杯子放在矮桌分給眾人，面帶笑容接在達也後面這麼說。

「我不會做出危險的行為喔。畢竟這次文彌也不讓我參與打鬥場面。」

「是嗎？真是備受呵護耶。」

深雪以會心一笑的表情這麼說，亞夜子面不改色點頭回答「是的」。

「居然說呵護，這種說法……」

文彌呢喃般輕聲說出的抗議，兩人都沒聽進去。

「話說以深雪小姐的基準，要到什麼程度才算是『危險的事』？」

亞夜子無視於文彌的呢喃詢問深雪。

「我想想，像是正面衝向持槍對手的魯莽行為吧。」

「但如果是這種程度的事，我覺得達也先生每次都有在做。」

「對於達也大人來說，槍並不是『危險物品』哦？」

「啊啊，說得也是。」

兩名美女看著彼此發出「呵呵……」的高雅笑聲。

文彌覺得這陣笑聲稍微令人發寒，將視線固定在達也身上。

「怎麼了？」

即使突然被凝視，達也依然絲毫沒露出困惑的模樣。

「我覺得不必由我說出口，達也先生大概也知道，但是事件想必不會就此結束。這次只是告一段落，肯定會立刻派下一批人馬過來。」

「應該吧。」

達也點了點頭。文彌醞釀出嚴肅氣息，深雪與亞夜子也停止嘻笑看向他們。

「為了終結這個事件，我認為必須斬草除根，達也先生認為做到這種程度也無妨嗎？」

「目前沒這個必要。」

達也立刻回答。他的回答毫無迷惘。

「要是將敵對的人悉數根絕，最後將會有一半的地面化為廢墟。」

達也補充的這段話，令文彌身體一顫。

達也做得到這件事。如果他下定決心，別說一半，整個地面都會回歸為灰燼。

文彌察覺自己沒理解一件事──不應該在達也面前輕易說出「斬草除根」這種話。

「如果想避免火花飄到身上，只要熄滅正在燃燒的火焰就好。話是這麼說，但是我一個人也確實應付不來。所以──」

「文彌、亞夜子，靠你們了。」

「請交給我們。」

「——我們一定會回應您的期待！」

聽到達也這麼說，亞夜子露出滿面笑容點頭，文彌以感動至極的表情發誓。

後記

感謝各位陪同我一起走到這裡。各位覺得如何？如果看得愉快就是我的榮幸。

本作是夾在《魔法科高中的劣等生》與《魔法人聯社》中間的劇情。和《天鵝座的少女們》發生在同一時期，以定位來說是《司波達也暗殺計畫》的續篇。

《司波達也暗殺計畫》（以下簡稱「前作」）是以暗殺者有希為主角，但本作如各位所見，是由黑羽家的雙胞胎擔綱演出。感覺重新說明也不太識趣，不過本作的書名《闇影閃耀於夜幕》指的是亞夜子與文彌。

「夜」是亞夜子的代號，「幕」象徵她的拿手魔法「極散」。「闇」是文彌的代號，「閃耀」象徵他的拿手魔法「直結痛楚」。

創作的背後存在著堆積如山的廢案。其中也有以亞夜子為女主角的外傳故事。空澤兆佐原本會在這部故事和亞夜子上演對手戲。劇情大綱是亞夜子和空澤培養出不錯的氣氛，最後空澤被亞夜子甩掉。

「我還是忘不了那個人（達也）。」聽到亞夜子這句告白，空澤轉身離去，亞夜子一直注視著他的背影。構思出這種肥皂劇（死語？）的鋪陳，我覺得這麼一來亞夜子的角色形象會崩壞，所以自行把這個構想扔進垃圾桶。不過只有空澤這個角色留存下來，並且在本作登場。

空澤這次並不是首度登場，但上次真的只是小配角，沒有再度登場的預定。坦白說，上次那麼做單純只是將作廢的角色回收再利用。

不過在本作，不只留下他和亞夜子的互動，還賦予他新的職責，所以不是回收再利用，而是再生之後重新登場。上次是「Reuse」，這次則是「Recycle」。

舞台和《天鵝座》是同一時期，所以既然敵人來自俄羅斯，直覺敏銳的各位應該可以從這個架構理解我的意圖。另一邊的故事也進入想要掀起新一波高潮的階段了。

那麼，後記就寫到這裡。下一本作品也請各位多多指教。

（佐島　勤）

（註：以上為日本方面的情況。）

【9】無理難題

從世界裏側支配國際經濟（他們自己如此相信）的祕密結社——「行會」的總部不存在於世界的任何地方。同時，歐洲各地都是行會的總部。不依賴特定的有形財產，以無形的單純資訊換得龐大財富的現代鍊金術，就是他們不被國境束縛也不被政治或軍事力拘束的一大利器。

然而下層組織的執行部門可沒辦法這樣，需要物資的據點以及人員的據點。例如行會的武力部門黑手黨兄弟會就在世界各地擁有據點。

在黑手黨兄弟會的據點之中，最主要的一個據點——東亞地區的總部，位於西伯利亞東部的米爾內。這座都市周邊是世界最大規模的鑽石產地，因為鑽石礦權而繁榮的俄羅斯黑手黨據點，由黑手黨兄弟會繼承之後設為總部。

這一天，統括新蘇聯東部、大亞聯盟、日本、東南亞各國活動的東亞地區總部幹部們，在米爾內的據點齊聚一堂。

「——立刻進入正題吧，今天請各位來這裡集合，是因為行會下令的那件暗殺任務，必須決定今後的方針。」

彼此進行簡單的問候之後，在這個據點擔任議長的幹部以這段話開場。

「那個日本人的暗殺任務嗎……」

坐在議長旁邊的幹部回以像是發問也像是附和，比較偏向於確認的這句話。眾人以此為開端進行熱烈的討論。

「關於這件事，不是已經派暗殺部隊去日本了嗎？」

「送進日本的家族，除了一人以外全軍覆沒了。」

「只有一個人活下來？難道是叛徒嗎？」

「不是。有一名成員打頭陣挑戰任務，被日本的警察逮捕。他是唯一的生存者。」

「這樣啊……現在那名成員呢？」

「警方內部的協力者已經協助他順利回國了。但他因為一直被監禁，所以不知道這次派去的家族全軍覆沒的詳細原委。」

「即使只有概要也不知道嗎？」

「果然是反過來被目標對象打倒了吧？」

「也很可能不是目標對象本人動手，而是四葉出動了。」

「不應該忽視日本諜報組織出動的可能性。」

「拿臆測來討論也沒有意義。現在要討論的問題點，應該是任務失敗之後的應對方式。」

「………」

一名幹部的這個指摘，造成了一股喘不過氣的沉默。

「……雖說要討論今後的應對方式，但這項任務是行會最高幹部下令的。無法選擇中止。」

打破沉默的是擔任議長的男性。

「我想基於這個原則徵詢意見。各位認為應該怎麼做？應該要多花時間做準備？多派點人手一鼓作氣處理掉？還是以少數精銳伺機而動？」

「我認為應該慎重行事。派遣第二波戰力之前，應該先查明這次是誰消滅整個家族。」

「這樣不就給目標對象鞏固防備的時間了嗎？」

「何況可以繼續花費更多時間嗎？這項任務在一年多前就下令進行。行會應該一直在等待好消息吧？」

「……對方是現代的魔王。行會肯定也理解任務的難度。」

「如今目標對象應該也有提高警覺吧。我認為應該以少數人員慎重暗中行動，等待對方有機可乘。」

「要是派太多人過去，無論如何都會引起注意。經過這次的失敗，從新蘇聯入境的人肯定會被日本多加提防。難道就不能在當地調派特務人員嗎？」

「嗯……」「說得也是……」「……」

這個意見沒有反對的聲音。

「可是，找得到這種湊巧符合要求的日本人嗎？」

不過有人質疑實現的可能性。

「不必限定是日本人吧？從這個國家逃亡到日本的人也不算少。」

「但如果是用來擔任這項任務的特務，人選條件會非常嚴苛喔。」

「…………」

「……謝謝。我知道各位的想法了。」

室內開始洋溢陷入瓶頸的氣氛時，議長出面總結。

「這次派出許多家族成員卻失敗了。這個事實確實無法忽視。應該要換個做法。」

「那麼要採取少數精銳奇襲的方針嗎？」

「也要同時在當地尋找適合的特務。這是不容許半途而廢的任務。一定要用盡各種手段暗殺成功才行。」

「已經不是捨不得投入財力與人力的場合了嗎……行會也以這種心態提供支援該有多好。」

黑手黨兄弟會是大型組織，但是人員與資金都不是無限。在任務投入過多資源而自滅的事態並非不可能發生。

說出不祥預感的幹部並非認真這麼想，從他發牢騷的語氣就聽得出來。

然而在場的同伴們，沒能將他的話語一笑置之。

續・魔法科高中的劣等生

魔法人聯社 1~7 待續

Kadokawa Fantastic Novels

作者：佐島 勤　插畫：石田可奈

IPU出兵到西藏向大亞聯盟宣戰！
世界危機迫在眉睫，達也的下一步棋是？

世界情勢即將大幅變化。IPU出兵到西藏，向大亞聯盟宣戰。同時日本國內也有動作，正以軍方為中心策劃派遣達也加入文民監視團。然而四夜家卻不准許達也出國。另外，大亞聯盟也繼續計畫暗殺達也，第一步就是悄悄接近一条將輝的某個人影——

各 **NT$200~220/HK$67~73**

美里活在貓的眼眸裡

作者：四季大雅　插畫：一色

Kadokawa Fantastic Novels

第29屆電擊小說大賞金賞作品
我與妳透過貓的眼睛相遇——

大學生紙透窈一擁有窺視眼睛就能讀取過去的能力。在無聊的大學生活中，他透過一隻野貓的眼睛，邂逅了能夠看見未來的少女——柚葉美里。透過貓的眼睛就能與過去的世界對話，令窈一感到驚訝不已，他卻隨即從美里口中得知驚人的「未來」……

NT$270/HK$90

靠死亡遊戲混飯吃。 1～3待續

Kadokawa Fantastic Novels

作者：鵜飼有志　插畫：ねこめたる

榮獲「這本輕小說真厲害！2024」（宝島社刊）新作部門第1名！文庫部門第2名！

第四十四次遊戲「CLOUDY BEACH」找來了許多超過三十次的高手。在那裡，我見到了被砍得四分五裂的遺體，彷若那可惡的殺人狂又回到人間。為尋找犯人，玩家們在絕海孤島中四處奔走。然而犧牲者仍不停增加，就像在嘲笑我們一樣⋯⋯

各 **NT$240/HK$80**

國家圖書館出版品預行編目(CIP)資料

魔法科高中的劣等生：闇影閃耀於夜幕/佐島勤作；哈泥蛙譯. -- 初版. -- 臺北市：臺灣角川股份有限公司, 2024.07

面；　公分. -- (Kadokawa fantastic novels)

譯自：魔法科高校の劣等生 夜の帳に闇は閃く

ISBN 978-626-400-230-1(平裝)

861.57　　113006559

Kadokawa
Fantastic
Novels

魔法科高中的劣等生 闇影閃耀於夜幕

（原著名：魔法科高校の劣等生 夜の帳に闇は閃く）

2024年7月25日 初版第1刷發行

作　　者：佐島 勤
插　　畫：石田可奈
日版設計：BEE-PEE
譯　　者：哈泥蛙

發 行 人：台灣角川股份有限公司
總　　監：呂慧君
總 編 輯：蔡佩芬
主　　編：林秀儒
編　　輯：黎夢萍
設計指導：陳晞叡
美術設計：黃永漢
印　　務：李明修（主任）、張加恩（主任）、張凱棋、潘尚琪

發 行 所：台灣角川股份有限公司
地　　址：104台北市中山區松江路223號3樓
電　　話：(02) 2515-3000
傳　　真：(02) 2515-0033
網　　址：www.kadokawa.com.tw
劃撥帳戶：台灣角川股份有限公司
劃撥帳號：19487412
法律顧問：有澤法律事務所
製　　版：巨茂科技印刷有限公司
ISBN：978-626-400-230-1